KOSABURO, 1945

DU MÊME AUTEUR

Kosaburo, 1945, Actes Sud, 2011.
Les Veilleurs de chagrin, Actes Sud, 2012.

ISBN 978-2-330-01511-4

NICOLE ROLAND

KOSABURO, 1945

roman

BABEL

à ceux que j'aime

Cette histoire s'inspire d'un visage : celui d'un pilote japonais entrevu sur la page du journal que lisait mon voisin, un temps de midi, au Pain-Quotidien de la place Saint-Loup. Après quelques instants qui m'ont paru une éternité, il a replié le journal avec soin et l'a déposé sur la pile de magazines laissés à notre disposition.

La photographie datait de 1945. Le grain du papier la rendait floue mais le visage qui se tenait au centre m'attirait comme un aimant : des traits fins, un regard fixe et la désinvolture des lunettes relevées sur le bonnet d'aviateur. Autour de son cou, une écharpe de soie blanche se déployait dans le vent.

On sait que les âmes se déplacent le septième mois, en particulier les nuits de pleine lune. Etait-il possible qu'elles soient attirées par la fête des esprits ancestraux qui avait lieu ces jours-ci ? Les esprits étaient conviés à revenir dans les demeures des vivants. Quand il était petit, Kosaburo se souvenait que, ces jours-là, il restait silencieux, se déplaçant pieds nus, retenant son souffle, de peur que l'un d'entre eux ne s'adresse à lui. S'il lisait, il prenait soin de tourner les pages avec une lenteur infinie, redoutant un appel du papier, et lorsque venait la nuit, ses craintes redoublaient : il ne fallait surtout pas regarder la lune, de peur d'être englouti dans son eau glacée.

Avec les ans, ses craintes avaient disparu mais ces nuits de longue lune questionnaient Kosaburo : que ferait-il de son existence ? Deviendrait-il peintre ? ou poète ? ou calligraphe ? Allait-il consacrer sa vie, comme il en avait le désir, à des préoccupations esthétiques ? En serait-il capable ?

Son cœur le portait vers ces choix : il pourrait devenir un lettré, comme son propre père l'avait été, et pénétrer dans un monde où il était important de distinguer si l'expression "fourrure d'été" convient au moment exact de la fin de l'été, quand la robe du faon prend cette teinte brun doré, et que les taches plus claires deviennent visibles et donnent alors, en tombant, les meilleurs pinceaux pour écrire. N'était-il pas important de rendre à l'aide de mots bien choisis le bruit d'un insecte qui pleure dans les armoises couvertes de rosée ?

Il l'avait toujours su. Mais la guerre qui frappait à sa porte rendait ses aspirations tellement dérisoires : il s'agissait maintenant de défendre son pays, de vivre ou de mourir, de tuer. Une lame de désespoir envahit Kosaburo. A l'âge où la vie s'ouvre enfin, on était en passe de la perdre. Plus de création possible, plus d'amour. Ses pensées le ramenaient toujours à Mitsuko : à son beau visage, à ses mains fines qui, lorsqu'elle lui parlait, voletaient autour d'elle comme de précieux colibris.

Mitsuko qu'il aimait. Et la guerre venait de déchirer sans bruit la page qu'ils auraient pu écrire.

En secret, Kosaburo préparait un cadeau pour sa bien-aimée : peu à peu, il constituait ce que la tradition japonaise avait nommé "le livre de l'oreiller" : ce présent qui consistait en un petit "oreiller" en bois laqué où étaient serrés des poèmes, des jeux, des conseils érotiques, et que les amoureux s'offraient entre eux. Le premier livre de l'oreiller avait été écrit au début du XIVe siècle afin de parfaire l'éducation amoureuse des amants.

Kosaburo y avait puisé de nombreux poèmes mais celui qu'il préférait et se répétait à voix basse quand la présence de Mitsuko lui manquait était posé sur les autres textes :

Divaguant dans le jardin de la belle Mori,
Une fleur de prunier dans le lit, la foi au cœur de la fleur,
Ma bouche est emplie du pur parfum de cet étroit ruisseau :
Le crépuscule et les ombres de la lune lorsque nous composons nos nouvelles rimes.

Chaque fois qu'il se le récitait, une émotion délicieuse lui serrait le ventre.

Lui qui n'avait même pas encore eu l'audace d'embrasser Mitsuko devinait les rafales de désir, les emportements délicieux que leur amour leur réservait, car il lui suffisait d'approcher la jeune fille pour que tout son corps l'appelle ; le timbre de sa voix lui-même répandait des ondes de plaisir dans tout son corps.

Je m'agrippe à ma manche : rosée, parfum et couleur ;
Son image est là, en absence. Myosotis, mémoire.
S'il pouvait s'épanouir sur une branche, je le planterais. Et lui offrirais mon amour.
A chaque heure solitaire.

Mais ils en étaient là : la guerre fracassait tous les rêves. Il semblait impossible de se dire qu'elle finirait. Et qu'avec la paix, reviendrait le règne de la beauté.

Des mois avaient passé.

La guerre ne relâchait pas son étreinte.

Depuis leur plus tendre enfance, on leur avait répété que l'esprit du Japon était la Grande Voie des dieux ; le peuple japonais était élu et avait pour mission de contrôler le monde.

Et maintenant, il était hors de question de tenir des propos hostiles à la guerre ou défaitistes car le sabre qui tue est aussi celui qui donne la vie, enseignait le zen de guerre.

Mais ce qui avait été l'impensable devenait peu à peu pensable. En dépit de la supériorité morale des leurs, l'Archipel risquait d'être envahi et tous les Japonais valides, femmes et enfants, jeunes et vieux, devaient se préparer à repousser l'envahisseur. Tous : Mitsuko, son frère Akira, et lui, Kosaburo.

Dans les campagnes, dans les stades, dans les cours des écoles, on avait commencé à les voir s'exercer, n'ayant souvent pour arme qu'une lance en bambou ou un fusil de bois. Il fallait être prêt à mourir dans l'honneur.

Kosaburo s'était plongé dans l'étude du code des samouraïs et la nuit, dans la chambre qu'il occupait près de l'université, buvant du saké chaud et prenant des tranquillisants, il avait commencé à écrire des textes qui disaient le désarroi de son peuple.

Que pouvait-il faire d'autre, l'apprenti lettré, quand on leur martelait dans les revues : "Si vous voyez un ennemi, vous devez le tuer, vous devez détruire le faux et établir le vrai – ce sont les points cardinaux du zen. Il est dit que, si vous tuez quelqu'un, il convient que vous voyiez son sang…"

S'ils allaient au cinéma, des films de propagande leur montraient inlassablement des aviateurs japonais jubilant de détruire la flotte ennemie. Quant aux actualités, elles soulignaient l'humiliation mortelle de ces Blancs si arrogants. A la radio, des chansons de guerre et de la musique militaire étaient diffusées à longueur de journée. Nulle part on ne pouvait échapper à l'exaltation de la guerre et l'angoisse, souvent, venait étreindre le cœur.

L'appel des sirènes antiaériennes scandait le temps et il arrivait souvent que des écolières en uniforme répètent les exercices en cas d'attaque. Le monde devenait fou.

Malgré ce qu'on leur disait, Akira ne voyait rien de beau ni de grand dans la mort. Il se demandait ce que cela serait de mourir. Une douleur très vive ? Une déflagration, un écartèlement de tout son être ? Il essayait de faire taire les questions, de creuser le vide en lui-même jusqu'à cette zone de calme où peut-être il pourrait accueillir sa mort.

Où se cachait l'immortalité qu'il n'avait jamais vue ?

Quand il rentrait chez ses parents, la vie paraissait plus simple : elle continuait son cours. Dans les rues, les enfants jouaient, se bousculaient en poussant des cris joyeux. Derrière les paravents de papier, les femmes surveillaient la cuisson du riz ou accomplissaient le rituel du thé. A la campagne, les paysans arrachaient les pousses, suivant des buffles aux yeux rêveurs sur fond lointain de collines offrant toutes les nuances de vert : de la teinte la plus tendre à l'émeraude, nuances qui s'éclairaient ou s'assombrissaient au passage des nuages poussés par le vent.

Parfois, une perdrix effarouchée jaillissait d'un fourré, un vol de canards sauvages striait le ciel en formation militaire, leurs cris brefs parlaient d'une autre vie, d'un temps où la peur ne s'insinuait pas dans les pensées. Une autre vie. Une sorte d'éternité.

Il y avait dans la nature une exubérance qui contrastait avec l'agitation des hommes, un élan dans le cœur des chiens poursuivant les enfants, les entourant de bonds joyeux, dont les aboiements parvenaient jusqu'à lui et rebondissaient sur son cœur.

Lui aussi aurait voulu courir dans la poussière dorée des chemins, s'emplir les poumons d'air léger, crier devant la beauté du monde, car n'était-ce pas une feuille de palmier qui faisait trembler la lumière devant lui ? N'était-ce pas un oiseau qui faisait rouler sous ses pas des baies d'un rouge luisant ? Quand soudain il disparaissait dans le feuillage, l'éclat noir de son plumage aux reflets métalliques ou le jaune vif de son bec l'emplissaient d'allégresse. La vie. La beauté de la vie.

Tout cela heurtait son cœur lourd pour s'y frayer de force un passage. Etait-ce cela l'éternité ?

Etait-ce à l'intérieur de cela qu'avait lieu la rencontre avec ceux qui l'avaient précédé ? Là, dans la joie spontanée du vivant, dans le frémissement des ramures du saule, dans son reflet sur les eaux calmes ? Dans l'appel lancinant des grenouilles, dans le pas assuré d'un faisan qui lui coupait la route, étalant pour lui seul ses ailes flamboyantes ? Tout parlait d'un ordre mystérieux, d'un parti pris de beauté, tout ramenait à la vie, dans sa simplicité. Et se faisant cette réflexion, il sentait la peur lui glacer le cœur une fois de plus.

Parlerait-il à son père ? Lui dirait-il cette angoisse qu'il ne parvenait pas à éteindre ?

Kosaburo, lui, pouvait la tenir à distance : les exercices que préconisait l'éthique des samouraïs le façonnaient, sa pensée était ferme, comme son corps. Pas une faille où aurait pu s'insinuer le moindre doute. Il n'avait pas ce poids sur la poitrine, lui, aucune main glacée ne serrait son cœur.

Akira réfléchissait. Peut-être ce doute était-il entré en lui en même temps que ses lectures.

Parfois, le soir venu, penché sur ses livres, il se sentait angoissé, écartelé malgré lui entre les études traditionnelles que comportait sa formation et le choix qu'il avait fait de s'initier à la littérature française. Deux mondes s'entrechoquaient : l'un, gardien des habitudes et des préceptes anciens, l'autre, ouvert à la recherche d'issues insoupçonnées, poussé par un vent de liberté, mais aussi de retour sur soi, d'écoute et d'analyse de ses émotions.

Dans la langue de ces livres, on pouvait penser l'impensable, éprouver jusqu'à la brûlure, se sentir vulnérable et fort, amoureux et désespéré – oui –, aller au bout de la désespérance. Mais rester en vie.

Quelqu'un, dans la maison, avait allumé la radio et, malgré lui, Akira avait entrouvert la porte de sa chambre pour écouter. On y parlait d'un incident qui avait eu lieu sur un îlot du Pacifique ; des combats se poursuivaient… Il était difficile de comprendre s'il s'agissait véritablement d'un accrochage avec les Américains ou de combats plus violents qui allaient se poursuivre peut-être pendant des mois. Information, désinformation, que croire ? Et comment, après cela, retourner à ses études ?

Bientôt, son sort serait celui de la plupart des collégiens qui avaient été réquisitionnés pour travailler dans les usines de la ville : en ce moment, des amies de Mitsuko actionnaient les machines à coudre d'une usine d'uniformes militaires pour aider leur pays engagé dans un conflit qui les dépassait et dont elles ignoraient toute la tragédie. Les écoliers eux-mêmes avaient été évacués à la campagne où ils participaient à des activités "civiques" sous la conduite de leurs professeurs.

A quoi bon se réfugier dans l'étude ? N'était-ce pas un signe de lâcheté supplémentaire de sa part ?

Il referma ses livres.

La nuit suivante, il y eut une alerte.

Comme chaque fois, Yosuke, l'aînée de Mitsuko et d'Akira, glissa ses pieds dans ses socques, alla retrouver sa sœur et ses parents dans le salon dont les rideaux sombres étaient tirés ; un tissu noir recouvrait les lampes ; seul le petit brasero réservé à la préparation du thé brillait dans l'obscurité.

La radio annonçait des raids d'avions qui venaient de décoller de navires ennemis. Au moment où ils avaient fini de se préparer pour se rendre aux abris, les canons antiaériens s'étaient mis à gronder. C'était la première fois qu'on les entendait en ville et la tension était vive. Pourtant, on ne percevait aucun vrombissement d'avion et, en sortant, ils n'aperçurent que le ciel vide.

Il ne s'était rien passé cette fois-ci, mais ils étaient sur le qui-vive, prêts à s'enfuir à tout moment. Peu à peu, le mensonge de cette guerre anéantissait les esprits ; personne ne savait plus où était sa place, ni quoi faire. Rester à attendre un ordre d'évacuation ? Partir et aller grossir la file où les voitures, les charrettes de réfugiés d'autres villes bombardées se pressaient en désordre ?

Le danger se rapprochait de jour en jour.

De jour en jour, Akira redoutait de recevoir sa feuille de recrutement. L'ordre de mobilisation générale venait d'être promulgué, il n'y avait plus d'issue. Pas davantage pour lui que pour les jeunes élèves en bandeau blanc qui, matin et soir, suivaient en chantant leur professeur principal.

Il fallait qu'Akira rencontre Kosaburo.

Peut-être avait-il fait le meilleur choix : mener sa vie selon les principes du Hagakure, le code d'honneur mis en pratique par les samouraïs du Japon médiéval.

Kosaburo avait quitté l'université. Il vivait seul désormais, dans la plus grande simplicité. Il n'avait qu'un seul maître, l'empereur, une seule famille, son pays.

Sa vie leur appartenait. Il devait les protéger à tout prix car ils étaient plus importants que lui, que sa pauvre existence individuelle. Kosaburo ne lisait plus qu'un seul livre : seul comptait le Bushido*, le code, lu d'un bout à l'autre du texte.

Et pourtant, que savait-il encore de la simple émotion que procure l'écoulement du temps : l'arrivée d'un nouveau soir, l'arrivée d'un nouveau matin ? Cette compréhension de la vie qui venait à Akira, alors qu'il ne parvenait pas à concevoir l'idée de la mort qui s'approche : la mort, perdre tout cela, la

* Code d'honneur des samouraïs.

douceur de la nuit, la grâce d'un matin, la beauté du monde qui s'arrête pour toujours.

En quelques semaines, Kosaburo était devenu un solitaire. Retiré dans une habitation en ruine, qu'il avait restaurée de ses propres mains, n'ayant pour compagnie que des colombes blanches et les grenouilles qui peuplaient la mare, en contrebas.

Sans connaître encore le déroulement de son destin, il en savait la fin : il tuerait ou se ferait abattre pour son empereur.

O vent ô feu ô forêt
Cette fois c'est la fin
Je chargerai le premier
Nous nous retrouverons aux côtés du maître.

Il serait ce samouraï dont le nom lui-même signifiait "se tenir à côté". Dans l'imaginaire, il rejoindrait ces guerriers de la caste militaire, attachés au service de leur seigneur ; il respecterait leur code d'honneur, fondé sur la bravoure, l'abnégation, la fidélité et la loyauté à leur maître. Les cours de kendo, la "voie du sabre", avaient réveillé en lui son sang de samouraï. Comme Kamiizumi, le célèbre sabreur du XVIe siècle, il combattrait pour son maître, l'empereur.

Fort de cette résolution, il s'agenouilla devant l'autel d'Amaterasu, la grande illuminatrice du ciel, le kami le plus important de la religion shinto, et lui fit l'offrande de sa vie.

Ce matin même, il avait vu le soleil se lever avec la forme et la couleur du Hi no maru, le disque rouge de l'armée impériale japonaise, et il y avait reconnu le signe de son destin.

De son côté, Akira restait silencieux, les yeux fixés sur l'autel, les cloisons qui avaient dû être autrefois tapissées de soie, le tatami usé. Sur l'appui de la fenêtre, une mouche s'était prise dans une toile d'araignée : tout semblait répondre à un ordre divin d'effacement, de sacrifice et, quand il avait fait un mouvement pour se relever, une fine odeur de cocons d'insectes s'était dégagée des tatamis d'osier.

Est-ce que je pourrais être un vrai soldat ? se demandait Akira. Dans ce monde où il vivait maintenant, tout le révoltait.

Dans chaque ville, dans chaque village, des associations prenaient peu à peu un contrôle total sur leurs existences ; partout, dans les quartiers, dans les écoles, on exaltait la vertu principale en ces temps de troubles : la soumission patriotique. Tout – pensées, actions – se devait de correspondre à cet idéal.

Dès leur âge le plus tendre, on inculquait aux enfants les vertus du patriotisme ; on façonnait leurs petits corps, leurs esprits malléables de telle façon qu'ils soient prêts à servir une cause bien plus grande qu'eux : le dévouement absolu à l'empereur, leur dieu vivant.

Il semblait naturel qu'après l'école ce soit pour eux un devoir et un privilège de servir dans les forces impériales. Lui-même, n'en avait-il pas fait l'expérience ?

Dès la dernière année des études secondaires, il avait été inscrit d'office dans des classes aériennes et piloter un avion n'avait plus de secret pour lui.

Empereur divin. Peuple d'une race élue. Pays invincible.

Insensiblement, le code martial du samouraï refaisait surface – impitoyable – comme si mourir au combat était le comble de la perfection.

Hélas, il avait beau se répéter que la gloire de ses ancêtres, l'honneur de sa famille reposaient à présent sur ses épaules, un tel discours de mort le mettait mal à l'aise. Etait-il pensable que le Japon soit destiné à conquérir le monde ? pensable aussi que mourir pour cette cause soit un devoir sacré ?

Chaque fois qu'il voyait les boîtes laquées de rouge dans lesquelles les cendres des martyrs étaient rapatriées, il avait la nausée et l'envie de fuir, n'importe où, pourvu que lui soit laissée la chance de connaître autre chose que ce destin venu d'âges très anciens, dont, sans le consulter, on avait fait le choix pour lui.

Ainsi Akira remuait-il de sombres pensées.

Le paysage qui l'entourait était d'une grande beauté. Mais il lui était impossible de se laisser pénétrer par son harmonie. Que lui importaient à présent les murmures du vent dans les tiges de bambou ? la lumière ? les pollens légers qui flottaient autour de lui ? Jamais il ne serait digne de sa lignée. Il éprouvait de la peur. Il était un lâche.

Qu'est-ce qui était bon ? Qu'est-ce qui était juste ?

A voix basse, on évoquait les soldats sanglotant d'être faits prisonniers sans avoir pu accomplir le rite de mort volontaire.

Il aimait la bonté, la vérité. Mais où étaient-elles ? Ce qu'il endurait à présent venait de leur absence, du pressentiment que la guerre, au lieu de rendre les hommes plus nobles, comme on le leur répétait sans cesse, pouvait en faire des chiens, empoisonner leur âme.

Et lui, il n'avait que cela, son âme et sa jeunesse.

Juste avant midi, j'arrivai en vue de la retraite de Kosaburo, une petite maison entourée d'arbres, de bambous et d'un silence que mes pas troublaient à peine. Il y avait dans cet endroit une atmosphère de recueillement si intense que je fus saisie de honte. J'apportais avec moi le trouble et, ce qui était bien plus grave encore, le doute sur son devoir sacré. Je venais lui apprendre la fuite (comment appeler cela autrement ?) de mon frère Akira dans un monastère et le déshonneur qui s'ensuivrait pour ma famille lorsque les faits seraient connus.

Suspendues à un portique, des tiges de bambou que Kosaburo avait taillées et évidées avec soin se balançaient avec grâce. Elles avaient été placées là pour refouler les esprits du mal et je dus me courber pour éviter de les mettre en mouvement. Sur fond d'encre noire, Kosaburo avait dessiné les signes du Yin et du Yang et inscrit ce que je pris d'abord pour une invocation aux dieux.

Je pénétrai dans la maison de bois.

Comme s'il avait toujours su que je viendrais le rejoindre et n'avait fait que m'attendre, Kosaburo se tenait devant moi.

Je me jetai dans ses bras. Puis je me déchaussai et pénétrai dans l'unique pièce.

Sur l'un des murs tendus de papier de riz, des signes de calligraphie s'étendaient à l'infini. Ma vue troublée par les larmes ne distingua tout d'abord que la silhouette de vagues insectes noirs avec, ici et là, une touche de rouge.

Kosaburo alla chercher des sandales posées à côté d'un brasero et me les présenta. D'un geste, il m'invita à prendre place autour de la table basse qu'il avait installée au centre de la pièce.

Une théière en fonte, deux gobelets, un brûle-parfum et une petite figure de Bouddha au sourire impénétrable m'attendaient.

A part moi, j'essayais de comprendre le changement qui s'était opéré en mon ami. Il avait suffi de quelques semaines pour que lui, un compagnon si turbulent, si gai, semble différent. Sa mise était soignée, comme autrefois, mais sur son visage se reflétait à présent une sérénité que je ne lui avais jamais connue. Le regard qu'il posait sur moi était plein de sollicitude.

Je me sentis apaisée. Avant même d'avoir pris le temps d'y réfléchir, ma décision était prise : je ne rentrerais pas chez moi, la honte au cœur. Si mon ami l'acceptait, je lui tiendrais compagnie et apprendrais, moi aussi, les chemins de la sérénité.

Je compris très vite que la retraite de Kosaburo n'avait rien d'une fuite. Partout sur les murs, les préceptes de la Voie avaient été inscrits avec grand soin. Et chaque jour passé dans ces lieux avait vu Kosaburo les méditer, se les approprier, les uns après les autres, et renforcer sa grandeur d'âme.

Dans le tumulte qui accompagnait les nouvelles d'une guerre inévitable, mon ami avait eu l'intuition immédiate que le plus important était d'être un homme sans regrets. Il avait enfoui cette pensée dans son cœur pendant des semaines et elle était devenue sa principale conviction. Comme ses ancêtres très lointains, il s'était donc muni d'un "sabre de bois" et s'était initié à la lecture des parchemins sacrés.

"A la longue, dès que tu auras acquis la compréhension des autres, lisait Kosaburo, rien ne te menacera plus. La chance qui nous est donnée par les autres est la plus sûre. Comme toi, je pense que tout être vivant accorde beaucoup de prix à la vie. Il va sans dire qu'il en est de même pour la vie humaine. Moi aussi, j'accorde une grande valeur à ma vie mais je ne puis plus faire celui qui n'a rien entendu alors que la Voie s'est révélée à moi."

La Voie.

Dans nos familles respectives, personne ne pouvait l'ignorer.

Pourtant, à ma grande honte, mon frère en avait étudié les préceptes en leur fermant son cœur. Comment supporter sans frémir certains récits qui en étaient faits ?

On rapportait par exemple qu'à l'âge de cinq ans, à la demande du seigneur, son père, un enfant qui venait de recevoir son premier sabre fut obligé de trancher la tête d'un chien pour éprouver son courage. Dix ans plus tard, il dut exécuter de la même façon le criminel qu'on lui présenta. C'était la coutume de l'époque, depuis fort longtemps.

Je me souvenais que ce jour-là, en découvrant ce récit, Akira avait eu des douleurs au ventre. Et ce jour-là aussi s'était gravée en moi cette condamnation secrète : "Il y a longtemps, les douleurs abdominales étaient appelées *herbes de lâcheté*. Elles venaient sans crier gare et immobilisaient l'homme qui en souffrait."

C'était ce qui arrivait à mon frère.

Mon frère avait laissé pour nos parents une lettre où il expliquait son intention de se retirer dans un monastère jusqu'au moment de partir pour la guerre. Il avait escamoté la cérémonie des adieux et demandé qu'un messager lui porte l'ordre de mobilisation quand il arriverait. Moi, je savais que cette lettre était un leurre : Akira nous quittait pour toujours.

La nuit même où il avait fui, je m'étais coupé les cheveux et avais revêtu des vêtements masculins. Mon frère était lâche, il ne serait pas dit que l'honneur de notre famille serait traîné dans la boue. Je prendrais sa place, voilà tout.

“Si un samouraï habitue, jour après jour, son esprit à l’idée de la mort, il sera capable de mourir en toute quiétude, le moment venu.”

Chacune de nos journées commençait donc par une réflexion sur la mort car notre loyauté vis-à-vis d’elle devait être absolue. Nous abordions toute nouvelle aube en méditant tranquillement : nous pensions à l’heure dernière en imaginant toutes ses manières d’advenir : tué par une balle, éventré par un sabre, foudroyé par une bombe, victime d’un accident ou d’une maladie soudaine. “Quand vous quittez votre toit, rappelait un vieux sage, vous pénétrez dans le royaume des morts ; quand vous quittez votre porte, vous rencontrez l’ennemi.”

Peu à peu, la mort nous était devenue familière comme une sœur de sang.

La compagnie de Kosaburo avait raffermi mon âme et me réconciliait avec moi-même. Pourquoi éprouver encore la moindre honte ? La honte comme le repentir étaient, selon la Voie, comparables au fait de renverser un bol d’eau. Il suffisait de vouloir réparer ses fautes, leurs traces s’effaçaient rapidement.

A présent, je comprenais sans peine que la valeur d'un ancêtre se mesure au comportement de ses enfants. J'étais comme un fils. Je devais agir de façon à faire honneur à mes ancêtres. Ce qui m'avait naguère semblé piété filiale artificielle m'apparaissait dans toute sa grandeur.

Je découvrais la grande capacité de discernement de Kosaburo ; en me rapprochant de lui, je recevais l'enseignement que, sans le savoir, j'avais toujours espéré. Et à mon tour j'inscrivais sur des rouleaux les maximes qui me façonnaient jour après jour : "Décidez-vous en l'espace de sept souffles." "Trébuchez et tombez sept fois, mais relevez-vous à la huitième."

J'avais pris la résolution de parvenir à la perfection. Je pouvais espérer désormais faire un jour l'expérience de l'illumination.

Régulièrement, je tentais d'évaluer mes progrès au regard de la Voie, épaulée par Kosaburo qui, par ses conseils, m'aidait à me défaire de mes faiblesses.

Je le savais maintenant : la preuve était faite que nous avions pénétré dans la phase ultime de notre destin. Et nous nous préparions à l'affronter sans peur et sans révolte.

Parfois, quand nous nous retrouvions pour la prière à la tombée de la nuit, Kosaburo lisait à voix haute l'une des recommandations du maître Oki Hyobu. Celui-ci avait coutume d'exhorter les jeunes gens : le courage n'était digne de ce nom qu'enraciné profondément dans le cœur. Quand le sabre était brisé, il fallait attaquer avec ses mains ; quand les mains étaient amputées, il fallait se servir de ses épaules ; quand les épaules étaient coupées, il fallait mordre le cou de dix, voire de quinze ennemis. Voilà ce qu'était le courage.

Ces recommandations ne me paraissaient plus venues du fond des âges. Bien que formulées avec une apparente naïveté, elles avaient le pouvoir de m'apaiser, en me rappelant que bien d'autres avant moi avaient fait face.

Et leur gloire ne s'éteindrait jamais.

Tout naturellement, j'avais pris la place que mon frère aurait dû occuper ; Kosaburo m'avait construit un "manche à balai" avec des tiges de bambou attachées par des lianes et je maîtrisais à présent tous les gestes à accomplir pour piloter un avion. Mon cœur bondissait dans ma poitrine à l'idée que moi aussi, j'allais être pilote et les dangers des missions futures ne m'effleuraient pas. Chaque jour, pendant de longues minutes, il me maintenait la tête sous l'eau : cela te prépare à la décompression, disait-il. Je me soumettais, prête à tout pour atteindre son idéal de bravoure. Et sur ma nuque délivrée du poids de ma chevelure, celui de sa paume était délicieux.

Des semaines avaient passé.

Les arbres s'étaient couverts de fleurs, les pétales avaient été emportés par le vent, les fruits avaient alourdi les branches. Je savais à présent en quoi consistait la condition du samouraï et je savais aussi qu'elle serait la nôtre. Il nous fallait observer trois règles : en premier lieu, la dévotion corps et âme à un maître – ce maître, nous l'avions en la personne de l'empereur ; en deuxième lieu, nous devions cultiver l'intelligence, la compassion et le courage ; l'exercice de ces vertus assurait en retour l'acquisition d'une sagesse infinie ; enfin, pour ce qui concernait notre aspect extérieur, il nous fallait soigner notre apparence, notre façon de nous exprimer et nous perfectionner en calligraphie. En améliorant ces choses par une pratique constante, nous pourrions sentir en nous-mêmes la présence d'une force tranquille et invincible à jamais.

Avec les premières brumes vint le temps de regagner l'université.

Kosaburo recouvrit de terre les dernières braises de notre feu, je roulai les préceptes des samouraïs et les nouai d'un lien de soie et nous partîmes, non sans avoir mis en pratique une méthode secrète : mettre de la salive sur le lobe de nos oreilles, respirer profondément et briser un objet entre nos mains.

Nous étions prêts. S'il fallait un jour partir au combat, nous abattrions nos ennemis jusqu'au dernier. Jamais nous ne nous avouerions vaincus et si, par malheur, cela devait arriver, nous nous ferions sans attendre seppuku, nous ôtant nous-mêmes la vie.

Nous avions tous les deux fortifié notre esprit et, puisqu'il valait mieux en cas de défaite mourir de la main d'un ami plutôt que de celle d'un ennemi, nous avions pris la résolution de nous assister mutuellement dans le rite de la mort volontaire. Nous avions vingt ans, nous avions mille ans et sur notre cœur palpitait l'éclat d'une armure invisible.

Mes parents m'accueillirent froidement. La fuite de mon frère dans un monastère les avait affectés au plus profond et mon départ à sa suite m'avait déshonorée à leurs yeux. Je prenais mes repas seule : un bol de riz et des légumes que ma grand-mère déposait devant la cloison de papier qui isolait ma chambre, et bien que j'aie revêtu les habits de mon frère, elle continuait de m'aimer et me souriait en silence. En garçon, avec ma sensibilité de fille, j'étais le fils qu'elle aurait aimé avoir pour elle seule.

Cela s'était produit un soir : un officier de l'armée de l'air impériale s'était présenté chez mes parents. La raison de sa visite ne s'était pas fait attendre ; le capitaine avait ôté ses gants blancs : "Votre fils vous fait honneur ; l'empereur et l'état-major du quartier impérial ont besoin de jeunes gens tels que lui pour contribuer à la gloire de notre pays. En leur nom, je viens demander à votre fils de s'engager dans notre aviation. Il deviendra un pilote de chasse d'élite et vous pourrez être fiers de lui."

Ainsi, c'était arrivé : j'avais été choisie ; j'allais mourir pour mon empereur.

Mon père me fit appeler.

Me dénoncer serait reconnaître la lâcheté de mon frère et attirer sur nous le déshonneur.

Il se résignait donc à ma supercherie. C'était le premier test : allais-je convaincre ou être confondue, au grand désespoir de ma famille ?

Après mon père, je signai les papiers d'enrôlement.

Nous avions évoqué si souvent les combats aériens, Kosaburo et moi. Ces dernières semaines, nous en parlions comme si nous allions y prendre part de manière active. Un pilote était tellement plus utile qu'un simple soldat ! Il pouvait fondre sur l'ennemi comme un aigle sur sa proie, démontrer avec plus d'éclat l'invincible supériorité de notre armée sur celle de nos adversaires.

Un pilote était un vrai samouraï : son avion était inséparable de lui-même, comme un sabre, comme une armure, comme son âme.

Au même moment, un autre officier se présentait chez Kosaburo. Une fois de plus, nos destins étaient liés. Nous nous entraînerions sur la même base militaire où nous ferions connaissance avec les légendaires chasseurs Zéro.

Des frissons me parcouraient : serais-je capable de piloter un avion ? Même si je connaissais par cœur les cadrans du tableau de bord, même si les gestes du pilotage m'étaient familiers, c'était aussi la mort. Pour la première fois, elle prenait un visage, il n'y avait plus de recours possible.

Dehors, il pleuvait. Des pensées sans suite me traversaient l'esprit : j'allais me couvrir de gloire, mourir pour mon pays. J'allais mourir. Le temps était venu de mettre en pratique tout ce qui avait fait l'objet de nos méditations quelques mois auparavant. Mais cette fois le sabre aurait le tranchant de l'acier. Nous souffririons.

Notre départ pour la base était fixé au lendemain matin.

Tandis que je préparais un mince bagage – quelques effets personnels et une photographie de mes ancêtres –, je me ravisai : je pris dans la bibliothèque de mon père le livre d'Inazô Nitobe sur le Bushido et un petit miroir, réservé à mes dévotions car ce simple objet, suspendu dans l'endroit que je choisirais, serait suffisant : "Lorsque, pour prier, vous vous tiendrez face au sanctuaire, c'est votre propre image que vous verrez se refléter sur la surface dansante et ainsi cet acte de foi sera comme la préfiguration de votre mort."

J'emporterais également le recueil de légendes que j'avais lu tant de fois depuis mon adolescence. A travers ces écrits, la lignée impériale était proclamée descendance directe de la déesse Amaterasu. La mythologie shinto prétendait qu'il existait huit millions de kami et que ceux-ci, en descendant sur la terre pour y insuffler la vie, avaient créé l'archipel du Japon.

Imprégnés de ces croyances, mes parents m'avaient inculqué dès mon plus jeune âge le respect des générations passées et le sentiment de communion avec les forces de l'univers. Pour moi, il ne faisait aucun doute que la nature était sacrée. Si j'avais ma place dans l'univers, j'étais un élément du grand tout. Il me semblait naturel qu'un cours d'eau, un astre, un simple caillou soient considérés comme des kami. Ils représentaient l'énergie cosmique dont l'univers était animé. En s'incarnant dans les éléments terrestres, dans les pierres, dans les plantes, dans les animaux, ils répandaient le souffle de la vie, l'âme.

Je me lavai les mains, me rinçai la bouche et me mis à prier.

En dépit de ma résolution, je ne parvenais pas à me concentrer. Des pensées parasites venaient perturber ma méditation : jusqu'ici, les étudiants avaient été épargnés parce qu'ils devaient constituer l'élite du futur empire. Et voilà que l'état-major nous convoquait sous les drapeaux pour composer une unité spéciale. Elle serait chargée, par son sacrifice, d'invoquer directement les kami. Le but était clair : nous devions offrir notre vie pour que se reproduise le miracle qui, en 1281, avait sauvé le Japon de deux tentatives d'invasion par la flotte mongole de Kubilaï Khan. Les typhons s'étaient déchaînés et avaient anéanti les envahisseurs.

Nous serions les représentants du "vent divin" et repousserions à jamais l'ennemi. Mais s'il en était ainsi, si on nous attribuait un tel rôle, il était clair aussi que la défaite s'annonçait. Je ne pouvais pas me dissimuler la vérité : je serais un kamikaze, malgré moi ; je suivrais la "voie du guerrier" ; mais je n'étais pas dupe de cette tentative désespérée.

L'appel dans cette unité était un honneur important mais aussi une sentence de mort.

Je me coupai les cheveux plus court encore. Ils tombèrent sur le sol avec la douceur d'une chute de neige. Je les rassemblai dans une boîte en cerisier, pensant malgré moi aux rites qui suivraient ma mort, car j'allais mourir, j'en étais certaine ; j'entourai ma poitrine d'une large ceinture bien serrée et, pour la dernière fois, j'enfilai l'uniforme d'étudiant de mon frère. Nous nous ressemblions tellement. Qu'était-il devenu ? Eprouvait-il des regrets ? Imaginait-il une seule seconde que j'allais prendre sa place ? Je secouai la tête pour chasser ces pensées. Ce n'était pas le moment d'avoir des états d'âme.

Le lendemain, je vis la base de Hiro pour la première fois.

L'endroit était désertique, tout était gris : le ciel, le fuselage des avions, les murs des baraquements où nous allions vivre pour la durée de notre entraînement, le visage des autres recrues.

Dès notre arrivée, on nous avait rassemblés sur une piste désaffectée et nous avions reçu des instructions sévères quant à l'ordre et à la propreté qui étaient exigés. Lorsque nous serions prêts, nous sortirions pour attaquer. Jamais de parachute, jamais d'essence pour le retour. C'était un échec mortel d'être fait prisonnier vivant : il n'existait pas de déshonneur plus grand.

Plus tard, j'apprendrais que les rescapés étaient envoyés dans des camps de rééducation où ils subissaient les pires humiliations. Rares étaient ceux qui ne se suicidaient pas pour mettre fin à ce nouveau calvaire.

Personne ne regardait personne : ni le sergent instructeur ses recrues, ni les recrues les autres appelés. Au bout d'un certain temps, ma curiosité fut la plus forte ; j'avais levé les yeux sur ceux qui seraient désormais mes compagnons : sur leur visage, pas l'ombre d'un sourire ; les expressions disaient clairement que ces futurs pilotes étaient comme moi, "contraints à être volontaires".

Certains, passés d'abord par leur chambrée, portaient déjà des casques d'aviateur et des lunettes sur le front, et c'était mon cas : il me semblait que, de la sorte, mes traits seraient plus masculins. Mais la plupart avaient gardé leur uniforme d'étudiant. L'opération que nous allions préparer était inhumaine et nous, ceux qu'on envoyait à la mort, nous n'étions que des jeunes ordinaires.

Kosaburo avait levé les yeux sur moi et je sentais son attention. Son étonnement était grand : jamais il n'avait pensé que j'irais jusqu'au bout ; peut-être même avait-il espéré le retour de mon frère. Croyait-il, quand nous nous entraînions, soulager ma peine et répondre à mon désir d'être traitée en égale, pour une fois ?

Je redoutais la confrontation. Ici, nous ne serions plus seuls, mon idée était folle, je serais découverte : une telle proximité ne me permettrait pas de rester cachée. Tout en m'efforçant de garder mon regard fixe, je me débattais dans ces pensées quand je sentis un pincement au cœur : Kosaburo me souriait. Ce sourire n'avait duré qu'une seconde mais je savais qu'il m'aiderait encore. Parce que nous nous aimions. Parce qu'il me comprenait.

L'entraînement était très dur, mais celui que Kosaburo m'avait fait subir pendant notre retraite m'avait endurcie. Nous apprenions les techniques du combat et la discipline de fer qui nous était imposée était si terrible, nous étions si mal traités qu'il nous semblait impossible de souffrir davantage du fait de l'ennemi. Un bol de riz pour la journée, courir, ramper, faire des exercices d'équilibre, celui qui tombait était roué de coups ; quand le soir venait, nous étions épuisés, démoralisés, pleins d'appréhension sur ce que nous réserverait la journée suivante. Tout découragement, toute plainte étaient considérés comme preuve de faiblesse et nous valaient coups et humiliation. Nous n'étions que de pauvres enfants apeurés. On ferait de nous des hommes, dût-on pour cela nous tuer. Nous ne devions jamais oublier que notre vie n'avait aucune importance : elle ne nous appartenait pas. Nous étions la propriété de l'empereur et de l'Empire nippon.

A la fin de la première semaine, on nous fit déclamer le texte du "serment de fidélité à l'empereur".

Tant que la récitation n'était pas parfaite, nous recevions des coups de fouet. Chaque soldat devait assimiler les préceptes du serment et considérer que les ordres de ses supérieurs émanaient directement de l'empereur. L'honneur représentait plus qu'une montagne alors que la mort n'était que l'équivalent d'une plume.

A la suite d'une seule erreur dans la récitation, l'un de mes compagnons, qui se destinait avant son engagement à l'exercice de la médecine, s'ouvrit la gorge et les poignets durant la nuit.

Où était le véritable honneur dont on nous rebattait les oreilles ? Je ne voyais autour de moi qu'horreur, peur et résignation.

Après le suicide de l'étudiant en médecine, une autre recrue fut affectée à mon baraquement. C'était Kosaburo. Nous nous retrouvions enfin.

A première vue, mon ami n'avait pas changé. Il avait gardé son sourire serein mais, en y regardant de plus près, je me rendis compte que celui-ci dissimulait une détermination désespérée. Et la joie de le revoir se transforma en une angoisse qui n'allait plus me quitter. Pourtant, je sentais mon corps se fortifier. Mon esprit s'était endurci et, quand je pensais à ma famille, une exaltation sauvage me saisissait : j'étais certaine de ne pas entacher son honneur, je devenais un vrai samouraï.

"Si tu penses à sauver ta vie, mieux vaut ne pas partir en guerre", disait un héros de légende. Pour acquérir cette force physique et morale, le samouraï devait supporter des années d'entraînement, les marches pieds nus dans la neige, le jeûne, les coups endurés en silence. Les exercices continus donnaient à son corps une souplesse et une agilité telles qu'il était capable de sauter par-dessus les murailles des places fortes sans être gêné par son armure. Tout cela, je le savais ; l'entraînement auquel j'étais soumise donnait aux sentences un autre relief. A présent, elles s'adressaient directement à moi. J'avais été si bien endoctrinée que j'étais sans cesse sur mes gardes, attentive à dissimuler mes sentiments en toute circonstance, prête à combattre n'importe quand, rompue désormais aux arts martiaux au point que je m'identifiais complètement à la figure légendaire du guerrier devant vivre et mourir une épée à la main.

Kosaburo me dépassait en endurance et en courage. Lorsque le hasard nous amenait à lutter l'un contre l'autre, il émanait de lui une détermination, un mépris du danger que je m'efforçais d'acquérir, m'imprégnant du stoïcisme où il m'entraînait de toute sa volonté.

Le soir, quand nous regagnions nos chambrées, nous nous enivrions à voix basse d'évocations où nos héros ajustaient leurs masques féroces avant le combat pour terrifier leur adversaire, nous nous rappelions comment ils respectaient les règles de politesse avant d'en venir aux mains, se nommant et proclamant le nom de leurs ancêtres ainsi que leurs plus hauts faits d'armes. Après la bataille, le vaincu était complimenté pour sa bravoure. Suivait sa décapitation. Moi, je m'endormais en songeant à l'encens brûlé dans leur casque afin que leurs têtes embaument s'ils devaient être décapités.

Je ne craignais plus d'entacher l'honneur de ma famille. Jusqu'à la mort, je serais loyale.

Le moment venu, je m'efforcerais de juger efficacement l'instant présent, comme si déjà je n'étais plus de ce monde, me conformant en cela aux exhortations de Kosaburo qui ne cessait de me guider sur la Voie.

Un matin, la rencontre que nous attendions avec impatience se produisit : on nous présenta les Mitsubishi A6M, les fameux chasseurs Zéro. Conçus pour l'attaque, ces avions étaient plus légers que les autres, et leur maniement était tel que, dans les combats tournoyants, ils sortaient chaque fois vainqueurs. Entre de bonnes mains, ils étaient toujours des armes mortelles tant leur puissance de feu était grande mais, avec leur blindage dérisoire, ils n'offraient aucune protection à celui qui les pilotait. Aucune illusion à se faire… Qu'importait ? Après tout, nous serions le feu du ciel. L'ennemi n'avait qu'à bien se tenir.

Les leçons de vol commencèrent. J'éprouvais une joie profonde. Vue du ciel, la base me paraissait minuscule et tous les mauvais traitements que j'y avais subis étaient effacés par l'ivresse de voler, une sensation de toute-puissance et d'invulnérabilité.

Les semaines filaient à toute vitesse.

Chaque jour, les leçons se poursuivaient. Je devenais un pilote accompli et je prenais plaisir à défier des difficultés de plus en plus grandes. Voler sans ceinture de sécurité, comme me l'avait ordonné un matin le sergent instructeur : à deux mille mètres d'altitude, l'avion piquait du nez, je m'agrippais aux commandes, l'avion se redressait brusquement, je me sentais arrachée du siège – ma tête allait éclater, un voile noir s'abattait devant mes yeux, j'avais l'impression d'être projetée dans l'espace –, l'avion se redressait et volait horizontalement, j'avais du mal à respirer. Nous atterrissions, j'étais incapable de faire le moindre mouvement : mes genoux tremblaient, ma tête bourdonnait. Je savais que nous devions nous habituer à des choses semblables. La pensée que, bientôt, j'aurais l'autorisation de voler seule me donnait du cœur au ventre.

Brusquement, le cours de mon existence changea.

La fin de l'entraînement approchait, les meilleurs d'entre nous seraient promus pilotes et se verraient affectés à l'école de bombardiers ou à celle de pilotes de chasse. Secrètement, je formais des vœux pour appartenir à cette dernière mais, à l'idée que je pourrais être condamnée au sol, j'étais saisie d'un abattement profond. Ces moments de découragement ne duraient guère, je raffermissais mon courage en observant le comportement de Kosaburo. Pour lui, l'obéissance pouvait prendre tous les chemins ; il se préparait avec une grande concentration à la mission qui lui serait confiée, quelle qu'elle soit. J'essayais de calquer mon attitude sur la sienne, attentive à ne rien perdre du terrain conquis et, si possible, à dépasser mes limites. En silence. Sans faiblir.

Une nuit, je fus incapable de dormir. Etait-ce dû à l'excitation des vols ? Une main glacée étreignait mon cœur qui battait à toute vitesse, comme celui d'un oiseau pris au piège. Des phrases se promenaient dans ma tête, des phrases lues et aimées autrefois, quand on ne parlait pas de guerre.

De courts poèmes me revenaient et me déchiraient le cœur, me rappelant la vie que j'avais quittée et celle que j'étais alors :

Silence
le cri des cigales
taraude les roches.

La fleur de camélia
qui allait tomber
s'est prise dans les feuilles.

Des pages entières du *Dit du Genji* se bousculaient et, sur l'écran de ma mémoire, il me suffisait de les lire pour ressusciter l'enchantement qu'elles me procuraient autrefois :

> [Le Prince] n'en mit pas moins, comme il se doit, sous son vêtement de nuit la robe qu'elle avait abandonnée, et il se retira dans ses appartements. [...]
>
> Puis il resta coi pour un temps, mais il ne pouvait trouver le sommeil. Brusquement, il réclama son écritoire et jeta sur le papier, non point une lettre élaborée, mais un griffonnage dans la manière des exercices d'écriture :
>
> *Laissant sa défroque*
> *s'en est allée la cigale*
> *et moi dessous l'arbre*
> *plus encore désormais*
> *pour elle je languirai.*

Voilà ce qu'il avait écrit ; le page le glissa sous le revers de son vêtement et l'emporta. [...] Pour la robe de soie légère, imprégnée du parfum de celle dont il se languissait tant, il la gardait à portée de main et la regardait longuement. [...]

Quant à la dame sans merci, malgré ses efforts pour se montrer insensible, l'évidente sincérité du Prince lui faisait regretter de n'être plus libre et, bien qu'il fût trop tard pour se raviser, elle ne put s'empêcher d'écrire en marge du billet :

La rosée tombée
sur ses ailes la cigale
se cache dessous l'arbre
ainsi fais-je de ma manche
*trempée de larmes secrètes**.

Ces pages, je les avais lues et relues au point de les connaître par cœur et, au lieu de m'emplir de bonheur comme autrefois, elles distillaient dans mon âme une angoisse diffuse : qui étais-je devenue ? Etais-je encore une femme ? Etais-je un semblant d'homme ? Pourrais-je jamais être un vrai samouraï ?

* Murasaki Shikibu, *Le Dit du Genji. Genji monogatari*, trad. R. Sieffert, livre III, Paris, éd. Diane de Selliers, 2007, t. I, p. 127.

Le grand jour arriva. Sur la porte du commandant, on avait affiché la liste des futurs pilotes. Nous nous bousculions pour parvenir à lire les noms qui y étaient inscrits. Ceux qui n'avaient pas été choisis s'en allaient, la tête basse, d'autres, plus chanceux, laissaient éclater leur joie. Enfin, je pus accéder à la fameuse liste. Kosaburo était désigné pour l'école de pilotes de chasse. Moi aussi.

Une autre vie commença. Promus pilotes de chasse, nous étions traités avec respect, ce qui nous changeait des humiliations et des punitions encourues précédemment. Mais l'heure n'était plus à ces pratiques. Toutes les préoccupations se concentraient sur notre entraînement final. Les cours étaient rigoureux et difficiles : exercices de tir, acrobaties, vol en escadrille et, ce qui était le plus éprouvant, initiation au vol suicide. Puisque mourir en samouraï était une obligation morale pour le pilote dont l'avion était hors de combat, il devait foncer sur un avion ennemi ou s'écraser sur un navire en causant la plus grande destruction possible ; des bombes chargées dans notre appareil nous y aideraient.

Il s'agissait cette fois de se préparer vraiment à la mort.

Nous volions en formation derrière l'avion de notre instructeur. Vues du ciel, les maisons du village voisin apparaissaient posées sur un rectangle de soie verte à la façon des jardins miniatures que ma mère créait pour moi quand j'étais enfant : dans une vasque blanche, elle déposait des cailloux de formes diverses et, à l'aide d'un minuscule râteau en bois de mûrier, elle traçait autour d'eux des cercles concentriques qui allaient en s'élargissant, marquant huit empreintes.

L'appareil de tête décrivit un large cercle et amorça un piqué. Celui de Kosaburo suivait : il fit de même. A mon tour, je fonçai. Le sol venait à ma rencontre à une vitesse vertigineuse. Le manche à balai était poussé à fond, je voyais la cour du hangar se précipiter à ma rencontre. L'avion qui me précédait se dégagea de son piqué, je ramenai vers moi le manche à balai et le suivis, sans réfléchir. A peine volions-nous à l'horizontale qu'il recommença. Encore et encore, nous reprenions le vol en piqué. Je luttais contre la panique : c'était sûr, j'allais m'écraser au sol. A quelle distance redressions-nous nos appareils ? Cent mètres ? Quatre-vingts ?

Certaines fois, je ne parvenais pas à me contrôler et je redressais plus vite que je ne l'aurais souhaité. Un sentiment de honte que je connaissais bien me mordait le cœur, j'amorçais un virage, reprenais mon piqué. Cette fois, je descendrais plus bas, plus bas encore. Je remontais. Des taches noires dansaient devant mes yeux. La tête me tournait. Je remontais. Je piquais. Quand je posais mon appareil sur la piste, à la fin des exercices, mes genoux tremblaient.

Un matin, l'avion de Kosaburo était juste devant le mien, immobile. Je me souviens qu'on dut ouvrir le cockpit et dégager le pilote qui s'était évanoui.

La nuit, des rêves affreux me visitaient : je visais la tour de contrôle comme nous en avions reçu l'ordre et le manche à balai restait coincé, impossible de le redresser. La tour venait à ma rencontre à toute vitesse. Je fermais les yeux avant l'écrasement. Je m'éveillais en sursaut, couverte de sueur.

Ou bien cette mésaventure arrivait au pilote qui me précédait et mon appareil survolait l'écrasement. La même terreur m'arrachait au sommeil. Je restais des heures éveillée, avec l'impression de voler, voler encore.

Et toujours la peur d'être découverte, si près du but, me hantait.

Répétés jour après jour, les exercices devinrent de plus en plus difficiles.

On avait peint sur le sol des silhouettes de porte-avions et nous devions piquer sur eux, en nous rapprochant le plus près possible.

Après deux semaines, nous descendions jusqu'à vingt-cinq mètres. Nous étions de plus en plus sûrs de nous : un sixième sens nous avertissait de la distance à laquelle nous nous trouvions. Et nous devenions téméraires, allant jusqu'à descendre dix mètres plus bas encore.

Peu de temps après, les exigences s'accentuèrent ; nous devions désormais piquer les yeux fermés ! En apparence, c'était simple : il suffisait de compter lentement jusqu'à dix ou cinq, selon l'altitude où nous volions. Je fermais les yeux, les rouvrais, les refermais, je ne savais plus à quel chiffre j'étais arrivée, je comptais trop vite, alignant les chiffres sur les battements de mon cœur. Plus que l'acquisition de la maîtrise de l'appareil, cet entraînement devenait pour moi l'occasion d'un combat sans merci contre moi-même : je faisais un bien piètre samouraï ! Cependant, je refusais de n'être qu'une femme, incapable de combattre à l'égal de Kosaburo et de nos autres compagnons. Je m'exhortais, me répétant les préceptes de la Voie : je me rappelais que le sens de la réserve et du mystère, l'humilité et la fierté s'enracinaient au plus profond des anciens stratagèmes qui constituaient, comme me l'avait appris Kosaburo, l'art traditionnel de la guerre.

Sois subtil, jusqu'à l'invisible
Prends-les au dépourvu, déplace-toi dans l'inattendu
Sois mystérieux, jusqu'à l'inaudible.

Je réfléchissais au sens du nom que nous étions sur le point de porter : “kamikaze”, “vent divin”, surgi à la fin du XIIIe siècle, lorsque les souverains mongols de la Chine avaient tenté par deux fois d’envahir le Japon. A la première tentative, les guerriers japonais avaient repoussé vaillamment la flotte ennemie ; quant à la seconde tentative, elle avait été anéantie par un violent typhon – le kamikaze, qui, dans la langue des habitants de l’Archipel, signifiait le vent des kami, censés protéger la terre sacrée de leur pays. Et je me rappelais le sabre accroché dans la pièce principale de la maison de mes parents, tout près de l’autel des ancêtres, l’un des trois symboles fondamentaux du shinto, la religion qui nous venait du fond des âges, et de la dynastie impériale. Ce sabre qui avait fini par incarner, au cours des siècles, l’esprit même des samouraïs.

Peu à peu, je devins plus confiante. Je piquais, les yeux fermés, même sans compter. J’avais décidé de considérer les vols comme un jeu pour moi, de ne plus penser à leur sens réel. Je me mesurais avec mes compagnons qui étaient devenus, eux aussi, des maîtres du vent, certains, très prudents et précis, comme Kosaburo, d'autres, téméraires à un point que je leur enviais.

Je m'étais mise à aimer par-dessus tout les exercices de combats aériens. Virages brusques, tonneaux, piqués, redressement en vrille, je testais désormais mon habileté et mon courage. "Un samouraï doit vivre toujours prêt à mourir. N'oublie pas que la mort est plus légère qu'une plume."

Le commandant de la base nous convoqua. Je pensais que nous allions recevoir des félicitations ou subir un discours d'exaltation patriotique mais la communication se résuma en trois phrases : la situation devenait de plus en plus désespérée. Le moment était venu. Nous avions l'honneur de donner notre vie pour notre empire, nous, ses valeureux fils.

Dire notre état d'esprit à cet instant-là est impossible. Nous tombions d'un songe où nous avions vécu, hors de toute réalité extérieure, concentrés sur notre apprentissage.

La situation du Japon était très grave. Personne jusqu'alors ne nous en avait jamais parlé. Nous réalisions soudain que bien des choses étaient advenues depuis que nous avions quitté nos foyers. Et notre trouble était immense. Sans savoir pourquoi, je me suis souvenue de la phrase que ma grand-mère avait l'habitude de répéter : “La fleur qui s'épanouit dans l'adversité est la plus rare et la plus belle de toutes.” Je me rendais compte que je n'avais pas fait tout ça pour mon frère, ni même pour mon père. Ce que j'avais voulu, c'était me prouver à moi-même que je valais quelque chose.

Les premières escadrilles d'attaque suicide avaient été lancées contre l'ennemi. Leurs pilotes avaient accompli leur seule et unique mission. Ce type de mission qui, précisément, devait changer le cours de la guerre.

Le commandant rencontrerait chacun de nous, personnellement, mais il était certain qu'il y aurait autant de volontaires pour ces opérations spéciales qu'il serait nécessaire.

Quand vint mon tour, je savais qu'il n'était pas question pour moi de refuser. J'apposai ma signature au bas de la feuille que l'officier me présentait sans même songer à la lire. Le destin en avait décidé ainsi.

Kamikaze, Vent divin, tel serait le nom des opérations que nous aurions l'honneur de conduire. Nos appareils bourrés d'explosifs, nous deviendrions les bombes les plus précises et les plus destructrices qui soient.

Vent divin. Soufflant sur les braises d'un peuple exsangue dont il espérait ranimer le courage.

Ce qui se produisit dans les premiers temps.

A partir du moment où nous avions pris l'engagement de conduire une mission suicide, nous quittions le baraquement que nous avions occupé jusqu'alors. Les commandos de missions spéciales vivaient à part, dans des conditions de confort et de liberté que nous n'avions jamais connues : nous pouvions descendre dans la petite ville toute proche pour y prendre un bon repas, assister à une séance de cinéma, ou rencontrer nos proches pour un dernier adieu. Une seule consigne nous était imposée : garder secrète notre mission. Nos supérieurs savaient qu'ils pouvaient nous faire confiance, les jeunes gens d'autrefois s'étaient effacés pour faire place à de valeureux guerriers.

D'ailleurs, qu'aurions-nous pu dire ? Nous ignorions le jour et l'heure de notre départ et il n'était pas question d'évoquer la peur ou le moindre doute si nous en éprouvions.

Pour ma part, j'avais beau me répéter soir et matin les encouragements de la Voie, je devais sans cesse lutter pour raffermir ma résolution. Je devais faire honneur aux miens, j'en avais fait le serment. Soit. Mais eux, ils resteraient en vie. Même s'ils connaissaient les privations, la peur des bombardements ennemis, ils allaient vivre. Je ne pouvais me débarrasser de l'idée qu'ils nous envoyaient à la mort à leur place, faisant de nos jeunes vies un rempart qui les protégerait.

Mais n'était-ce pas ce que nous devions être pour ceux que nous aimions, pour notre peuple, pour notre empereur, un rempart ?

Je m'exaltais à nouveau. Demain, j'irais en ville, je ferais comme si, moi aussi, je menais une vie normale. J'avais des jours devant moi. Peut-être une semaine ou deux.

Pourtant, je m'étais trompée en pensant que je pourrais vivre encore comme les autres, comme avant. Autour de moi, la ville bourdonnait, chacun vaquant à ses occupations. A chaque coin de rue, un crieur annonçait les "bonnes" nouvelles :

"Un porte-avions coulé ! Deux appareils de nos formations spéciales se sont abattus sur un porte-avions, ce matin, à 9 h 45. Ils l'ont réduit en flammes. A l'heure actuelle, le bâtiment a sombré dans l'océan.

Gloire à nos aigles valeureux !"

Je réfléchis quelques instants. Les deux pilotes dont il était question avaient quitté notre base trois jours avant notre isolement. Personne ne les avait revus avant leur décollage. Je savais que l'un d'eux venait de se marier. Et j'avais été frappée par le fait qu'à l'occasion de sa "permission spéciale", en fait une cérémonie d'adieu, ce jeune lieutenant avait refusé de voir ses proches ; il s'était borné à des salutations formelles, laissant derrière lui quelques lettres, dûment censurées, et le carnet qu'il avait tenu depuis le premier jour de son embrigadement.

Je l'avais aperçu quelques fois, lorsque nous prenions nos repas avec des membres d'autres escadrilles. C'était un intellectuel assez mélancolique, très réservé ; il émanait de lui une aura qui tenait les autres à distance et l'isolait complètement. On m'avait dit que, dans la poche intérieure de son blouson d'aviateur, il gardait un recueil de poèmes et cela avait suffi à fixer définitivement son souvenir dans mon esprit.

Il n'était plus. Qui nous disait que ces informations étaient exactes ? J'avais un sombre pressentiment.

Je regardais tous ces gens autour de moi. Leur visage était impénétrable et, s'il n'y avait eu, de temps à autre, le rire de jeunes écolières ou des cris d'enfants, j'aurais pu croire que je visitais un autre monde, d'où tout sentiment avait disparu. Cet homme, vêtu de sombre, qui portait une serviette, où allait-il ? Qui était-il ? Survivrait-il au prochain bombardement ? Je réalisais que la liberté dont nous jouissions à présent était un cadeau empoisonné. Nous étions emmurés, marqués par la différence que les entraînements successifs avaient inscrite en nous. La vie ordinaire ne nous concernait plus.

Au coin des rues, des jeunes filles présentaient à chaque passante une large bande de coton sur laquelle elles les invitaient à broder un point. Je connaissais cet usage par les lettres que m'adressait à présent ma famille. Partout, des femmes se penchaient sur ces points de broderie qui, au nombre de mille, étaient censés nous protéger et nous rendre invulnérables. Recevoir cette bande protectrice faisait partie du rituel des adieux. Quelque part, ma ceinture m'attendait.

Je songeai à tous les visages qui se seraient penchés sur elle, aux doigts fins ou malhabiles qui auraient tiré l'aiguille, incrustant dans l'étoffe un nouveau signe chargé de sortilèges. Et cela raffermit mon âme. J'étais un combattant. J'allais combattre pour elles, pour eux tous. J'honorerais mes ancêtres et je ferais barrage à l'invasion ennemie, soudée à mon avion comme un samouraï à son sabre.

Il était plus de cinq heures quand je poussai la porte de l'auberge où nous devions nous retrouver, mes camarades et moi. L'atmosphère était surchauffée. Des rires, des exclamations fusaient de chaque coin de l'unique pièce. Tome-san riait, redressant la mèche de cheveux sur un front, rectifiant le col d'un uniforme. Ici, pas besoin de feindre ou même de se taire ; Tome-san comprenait tout : ce que nous lui disions et ce que nous lui taisions. Elle était pour nous comme une mère. Elle veillait sur nous d'une façon particulière, attentive à libérer la gaieté de notre âge, que nous avions dû refouler. Et nous étions joyeux. Kosaburo surtout. J'aurais dû comprendre alors ce que sa joie avait de factice. Il buvait saké sur saké et portait des toasts à tout ce qui lui passait par la tête : au poisson rouge mélancolique tournant sans répit dans le bocal posé sur le comptoir, à la photo de Tome-san petite fille, mais il avait prononcé une parole qui reviendrait me hanter plus tard : "A celle que je n'aurai jamais tenue dans mes bras, qui ignore tout de mes sentiments." En prononçant ces mots, c'est moi qu'il regardait et il avait ajouté : "Plus tard, je reviendrai. Tu me reconnaîtras sous la forme d'une luciole. Je reviendrai te voir." Le premier vers d'un poème qu'il avait écrit en quittant notre université avait surgi dans ma mémoire : "Je pars vers une tombe solitaire, loin, au-delà de la mer."

Nous avions regagné la base bien avant l'heure et je me souviens encore des vers que Kosaburo déclamait tout au long du chemin.

Je suis une goutte de rosée
Pourtant je ne suis pas inquiète
Car il me semble que j'ai existé sur cette branche
Depuis bien avant la naissance du monde.
…
Pensant que les fleurs de prunier s'étaient épanouies
Je brisai la branche
Et la neige s'éparpilla comme des fleurs.
…
La peau des femmes
La peau qu'elles cachent
Qu'elle est chaude !

Et, se penchant vers moi :

Vous êtes toujours ma consolation
Pourtant, la tristesse arrive avec la chute du jour.

Le crépuscule assombrissait le ciel. C'était l'heure entre chien et loup, et je ne savais pas bien qui, du chien ou du loup, allait fondre sur nous et nous dévorer.

A la base, les tensions montaient. Nous avions tous fait un pacte avec la mort, mais nos pensées ne se ressemblaient pas. Ceux qui provenaient de la force aéronavale étaient fous de haine. Ils piaffaient d'impatience en attendant le moment d'en découdre avec nos ennemis, ils ne vivaient que pour la gloire et l'immortalité qui leur seraient accordées après leur mort. Fanatisés à l'extrême, ils s'attaquaient souvent à nous, qui avions dû quitter notre université, parce qu'ils nous trouvaient tièdes, résolus à mourir, certes, mais seulement si cela en valait la peine. Et qui pouvait le dire ? Nous avions appris à réfléchir ; il nous était impossible d'accepter sans discuter tout ce qui nous était demandé. Mourir sans raison était absurde. Mourir pour sauver notre peuple était exaltant. Nous balancions entre les deux positions et d'un jour à l'autre notre humeur changeait, selon que la vie nous semblait insignifiante ou précieuse.

Qui peut comprendre ce qu'éprouvaient des êtres amenés à ruminer, jour après jour, des semaines entières, chaque détail de leur mission future, sans rien ignorer de ce qu'elle préfigurait ?

On nous avait d'abord couvés : nous étions l'élite intellectuelle du Japon moderne ; structurés par l'étude des classiques, nous accordions beaucoup d'importance à l'exercice de la pensée et on nous demandait de ne plus penser, on nous jetait aux chiens. Comment s'étonner dès lors de l'ambivalence profonde que nous éprouvions vis-à-vis de la guerre ? Chaque heure qui passait raccourcissait nos vies et nous avions tant à apprendre encore ! Nous essayions de comprendre pourquoi nous devions mourir à l'aube de nos vingt ans. Des heurts violents nous opposaient aux fanatiques de la cause et il n'était pas rare que nous en venions aux mains, étudiants sacrifiés – soldats égarés dans la guerre. Nous évitions pourtant de nous apitoyer plus longtemps sur notre sort, jugeant cette attitude indigne des guerriers que, malgré tout, nous désirions tant égaler.

Je compris vite que les premiers pilotes à être envoyés dans les missions suicide étaient les moins habiles. Les meilleurs devraient protéger les bases aériennes et escorteraient les avions kamikazes pour leur permettre d'arriver sans encombre à l'endroit désigné pour leur mission. Comme nous avions été reconnus parmi les meilleurs, Kosaburo et moi, cela nous offrait un certain répit. Je m'accrochais à cette pensée réconfortante quand un soir, à l'heure du buffle, je m'aperçus que Kosaburo avait disparu. Sa couchette avait été repliée avec soin, ses objets personnels avaient été emportés. C'était comme s'il n'avait jamais existé.

Aux questions que je posais à ce propos, personne ne pouvait répondre. Une angoisse sourde me serrait la gorge. Pourquoi était-il parti sans m'avertir ?

Je n'arrivais pas à comprendre. Je ne parvenais pas à m'éloigner de la couchette vide, je restais devant elle, désemparée, saisie d'un sombre pressentiment.

J'ai vu Kosaburo, me dit soudain un de ses camarades. Hier. Avant son départ. J'ai essayé de te trouver pour te le dire mais tu étais en ville. Je t'y ai cherché en vain.

Où est-il maintenant ? dis-je.

Il se prépare pour sa mission.

Je me souviens que j'entendis ces derniers mots comme si j'étais sous l'eau.

Un instant, je m'accrochai encore à l'espoir que Kosaburo allait nous accompagner pour servir d'escorte à ceux qui avaient été désignés le matin, mais le regard de mon camarade me glaça. C'était Kosaburo qui allait être escorté. Et je ferais partie de l'escadrille qui l'accompagnerait jusqu'au lieu de son dernier combat.

La tête me tournait, je pensais que j'aurais dû lui témoigner davantage mon attachement, lui dire à quel point je l'admirais, lui dire – mais que peut-on dire à celui qui va mourir ? J'aurais dû consulter la liste sur la porte du commandant. Si seulement je n'étais pas allée en ville…

Au moment où Kosaburo a dû s'éclipser – mais comment ne l'avais-je pas senti ? –, je cédais à l'attirance que les livres ont toujours exercée sur moi. J'avais traversé la pénombre d'un couloir, poussé les deux battants de verre de la bibliothèque de la ville. Déjà, je respirais l'odeur des vieux livres, intimement mêlée à celle du papier des stores qu'on avait baissés pour les protéger du soleil de l'après-midi. Je me coulais dans un moment de joie pure : celle des heures qui m'appartiendraient soudain ici, à la faveur d'une permission exceptionnelle, celle de faire ce qui me plaisait le plus, retranchée de la vie qui continuait au-dehors, de la guerre et de son cortège de souffrances.

Jusqu'à la fermeture des lieux, j'avais pu m'absorber totalement dans un voyage au long cours, l'esprit traversé de pensées, de découvertes, de rêves, en tournant les pages de mon aventure intérieure. Je me souviens que je m'étais attardée, à la fin, dans la contemplation des illustrations éclatantes du *Monogatari* et mon humeur s'adoucissait, à la faveur des nuances des robes de soie très fine que les dames de cour portaient les unes sur les autres, attentives à la gamme des coloris : gris tourterelle, rose de l'aube, violet, le bord des manches disposé de telle sorte que les trois couleurs y apparaissent alors que, dans le corps de la robe, elles se fondaient en une seule teinte, indéfinissable, inoubliable.

Et pendant ce temps-là se déchirait le lien qui m'importait le plus au monde.

Perdue dans mes pensées, j'étais arrivée à la limite du terrain d'aviation. Je songeais aux conversations que nous avions eues autrefois quand nous nous promenions dans les champs ; je me disais que Kosaburo avait toujours abordé les problèmes de l'existence avec beaucoup de philosophie. Il pensait que l'homme avait un but à atteindre. En affinant son âme, il pouvait donner un sens spirituel à la souffrance et à la mort, bien au-delà de l'exaltation patriotique. Mais tout cela m'apparaissait maintenant comme une résolution arrêtée par le désespoir. Kosaburo était un artiste, il était relié à la vie par des fils ténus et vibrants.

J'entendais encore son camarade me dire que Kosaburo avait pris la nouvelle avec beaucoup de calme, qu'il était prêt – un peu plus tôt, un peu plus tard, nous allions tous au même rendez-vous. Nous devions payer notre tribut à l'empereur. Alors, quelle importance le jour choisi ?

Si j'avais vu Kosaburo avant son départ, je l'aurais sans doute angoissé inutilement, lui faisant porter le fardeau de ma peine.

Kosaburo a été désigné. J'entendais les mots, il fallait que je me les répète les uns après les autres pour comprendre leur signification.

La date était-elle fixée ? Nous n'en savions rien. Il fallait attendre.

Deux jours seulement après cette conversation, l'état d'urgence fut proclamé sur la base. Plus question de sortie en ville, de détente quelconque. Nous devions rester en alerte. Les avions de chasse patientaient sur l'aérodrome. Après une dernière vérification, ils étaient prêts. Mon appareil se trouvait juste dans mon champ de vision et je le considérai longuement. Etrangement, de le voir ainsi, à distance, me réchauffait le cœur. Mon Mitsubishi était bien davantage qu'un avion, comme moi-même j'étais bien davantage que son pilote. Depuis le début de mon entraînement, il m'avait sortie de situations extrêmement périlleuses. Souvent, j'avais l'impression qu'il agissait seul, quand une vague de panique m'étourdissait et que je ne parvenais plus à commander à mes bras les gestes adéquats, il prenait la relève ; je revenais à moi, nous sortions tous les deux victorieux de l'épreuve. Lui seul connaissait les mots de peur ou d'impuissance que je criais à ces moments-là. Une âme l'habitait. Je l'aimais au point de ressentir comme une blessure les moindres accrocs sur son fuselage, de craindre pour lui autant que pour moi-même.

A peine avions-nous atterri que je veillais à sa remise en état, avant d'avoir pu me désaltérer et reprendre mon souffle.

L'appel d'une sirène retentit.

Je me précipitai vers la salle où se donnaient les dernières instructions. Des appareils ennemis cinglaient vers la base, nous devions la préserver à tout prix. D'autres bases voisines avaient été sérieusement endommagées, il n'était pas question que la nôtre subisse le même sort : cela compromettrait les futures opérations kamikazes et personne parmi nous n'ignorait combien celles-ci étaient nécessaires. Sans elles, l'Empire était perdu.

A présent, il ne s'agirait plus d'attaques suivies de dérobades – car telle était la pauvre tactique de combat à laquelle l'affaiblissement de notre force aérienne nous avait contraints jusqu'à présent : utiliser autant que possible la protection du soleil, fondre comme des aigles sur l'ennemi aveuglé, le blesser, s'évanouir dans les nuages, préserver de la sorte notre appareil et la possibilité de futurs combats.

Cette fois, ce serait une lutte acharnée. Nous ne nous soucierions plus d'être abattus, nous combattrions jusqu'au bout, déterminés à détruire le plus grand nombre d'avions ennemis.

Je n'avais plus l'espoir de survivre à la guerre mais ma peur avait disparu. A la place surgissait cette sensation magique d'être un animal de légende, aigle souverain, phénix indestructible.

Quelques-uns d'entre nous seulement furent autorisés à attaquer l'ennemi. Nous devions décoller immédiatement et le surprendre à un quart d'heure de la base. Je montai dans mon appareil en me jurant solennellement d'abattre au moins un de ces arrogants qui venaient nous narguer, n'ignorant rien sans doute du délabrement de notre Armada.

Ordre d'attaquer !

J'ajustai mon masque à oxygène tout en essayant de me détendre. Tout ira bien. Fonce ! L'ennemi grandissait. Je me sentais comme paralysée. Je savais exactement ce qu'il fallait faire pourtant : nous devions attaquer à l'arrière de la formation, nous dérober aussitôt, revenir en boucle au-dessus, attaquer à nouveau. Mais j'étais dans un état second : quelqu'un d'autre agissait à ma place.

Plus près. Plus près. Encore plus près. Vas-y. Tire !

Je pressai la détente. Des lignes rouges surgissaient de mon avion en brèves rafales, l'avion ennemi crachait une fumée noire, il s'abattit en flammes, tournoyant sur lui-même, et s'abîma dans la mer. Un deuxième appareil, qu'il avait accroché, le suivait dans sa chute.

Je dégageai mon masque à oxygène et le fixai sur ma bouche. Mon chasseur Zéro dépassait les trente mille pieds. Le Lightning me suivait toujours. J'allais monter encore de cinq mille pieds, le prendre par surprise et faire feu. Les secousses de mon avion devenaient de plus en plus violentes. Sur le levier, ma main tremblait. En amorçant la dernière manœuvre, j'avais aperçu un instant le visage de l'autre pilote ; j'avais beau me dire qu'il ne fallait pas me laisser aller à l'émotion, que cela pouvait causer ma perte, cette image ne me quittait pas : visage tendu, lèvres serrées, il avait l'air d'être lui-même une machine. C'était lui ou moi. Je l'approchai de très près et essuyai une rafale de sa mitrailleuse. Je disparaissais dans les nuages et, dès que je supposais son attention un peu relâchée, je ressurgissais. A plusieurs reprises, il avait pris position derrière moi. Nos pensées étaient semblables, notre technique de combat identique. J'ai fait descendre brusquement mon chasseur Zéro, ai redressé en crachant le feu. Touché ! L'un des moteurs de son Lightning dégageait une fumée noire et une grande flamme a jailli. J'entendis le fracas d'une explosion. Des flammes d'une taille impressionnante s'élevèrent de l'appareil maintenant immobile ; il semblait flotter dans l'espace comme un cerf-volant d'une espèce particulière. Le ciel avait changé : il sombrait dans les ténèbres et le spectacle de la carcasse en feu, suspendue dans les airs, avait quelque chose d'incroyable.

J'avais remporté le combat.

Je ne pouvais détacher mon regard du spectacle : j'étais fascinée. Exaltée, je me préparais à attaquer encore mais il fallait se retirer. Le danger était écarté pour la base, momentanément.

Deux heures à peine après cet affrontement, nous décollions à nouveau.

Cette fois, les choses se présentaient mal. Impossible de se maintenir au-dessus de l'assaillant. Des flashes argentés nous survolaient. Ils fonçaient sur nous en faisant feu de toutes leurs mitrailleuses. Tonneaux impeccables, nous étions maintenant derrière l'ennemi. Je pressai la détente. Deux rafales d'affilée. Touché ! L'avion américain perdit de l'altitude, je vis son pilote se dégager du cockpit et sauter. Son parachute dessinait dans le ciel un long sillage blanc.

Je dus me faire violence pour en détacher mon regard. Déjà un autre appareil me menaçait, je piquai, remontai à la verticale, exécutai plusieurs tonneaux. Je l'avais décontenancé. A moi de me placer au-dessus de lui et de le percer de rafales. Soudain, un autre appareil me prit en chasse. Il était tellement proche que je pouvais distinguer les traits du pilote. Tout alla très vite. L'ennemi m'ajusta dans son tir, je vis les balles tracer une ligne de mort jusqu'à moi, j'étais touchée : plusieurs balles percèrent le fuselage de mon appareil, j'en ressentis l'impact aussi violemment que si elles avaient traversé ma peau.

Par chance, mon moteur répondait encore. Je le poussai à fond puis exécutai un piqué à la verticale. Je savais que l'ennemi ne pouvait me suivre à cette vitesse, leurs bombardiers étaient trop lourds et nos acrobaties nous permettaient presque toujours de leur échapper. Je redressai, piquai une fois encore. Je descendis si bas, l'écume des vagues paraissait si proche, j'allais me briser en mer, je redressai encore, plus d'ennemi en vue, il avait renoncé. Je regagnai la base et fis mon rapport. Nous étions six au moment du décollage, trois pilotes manquaient.

Depuis longtemps, j'évitais de m'intéresser aux nouveaux pilotes qui avaient rejoint notre base. Ils adoptaient la même attitude. En plus de la crainte toujours présente d'être découverte, à quoi bon faire connaissance, nouer des liens d'amitié ? Nous étions tous voués à disparaître, certains plus tôt que d'autres, mais qui pouvait savoir ceux que le hasard ou la chance épargneraient pour un temps ?

Des noms sur une liste, voilà ce que nous étions. Et c'était mieux ainsi.

Pause dans les combats.

L'attente reprenait, avec son goût d'asphyxie.

Les hommes se figeaient, le souffle court, avec, dans leur regard, une angoisse qu'ils ne cherchaient plus à dissimuler. D'un baraquement voisin montait la mélodie d'un violon. Je songeai à Kosaburo, aux leçons de violon que nous avions suivies ensemble dès nos cinq ans. Nous lisions à peine à l'époque et, pour nous, le déchiffrage des notes ressemblait plus à un jeu de devinettes qu'à une lecture véritable. Nous travaillions à l'instinct. Bien vite, je chassai ces pensées de mon esprit. Ce n'était pas le moment de s'attendrir. Je me concentrai sur l'ordre de mission que je venais de recevoir.

C'était pour demain.

Nous quitterions la base à huit heures pour conduire à l'assaut les pilotes kamikazes. Ils étaient dix. J'avais leurs noms. Kosaburo faisait partie de l'escadrille.

Leur accordait-on une dernière veille pour raffermir leur courage ? Qui pouvait dire ce qu'était le courage ? Ne pas éprouver la peur ? Ou au contraire connaître une angoisse mortelle, du fait d'être contraint à attendre l'exécution de la sentence ?

Au fond de moi, je savais que les pilotes disposeraient d'une dernière nuit pour écrire leurs adieux et préparer ce qu'ils laisseraient à l'intention de leur famille. J'espérais que ce dernier message ne serait pas, comme les autres, soumis à la censure militaire.

Je passai une nuit blanche, en pensée aux côtés de Kosaburo. Mais pouvait-il le sentir ?

Il faisait très beau, ce matin-là.

Dans deux heures, nous laisserions la base derrière nous. Pour les pilotes qui avaient été choisis, ce vol serait le dernier. Une ultime fois, ils verraient la base devenir toute petite, les paysages ressembler à des illustrations qu'on pouvait admirer dans les livres pour enfants. Les maisons, des jouets. Les personnes, des poupées minuscules. Puis le soleil qui étincelait sur la mer, l'immensité du ciel.

En ce moment même, ceux du Vent divin se penchaient sur une carte. Position de l'ennemi. Lieu du dernier plongeon.

Dans une heure, nous recevrions nos instructions.

Je me souvenais d'un jour de vacances où Kosaburo, mon frère et moi nous avions quitté la ville pour la campagne, juchés sur nos vélos, pédalant le plus vite possible. Nous nous étions arrêtés au sommet d'une colline. Il faisait chaud. L'air était transparent et tremblait au-dessus de la terre sèche. Parfois, un coup de vent agitait les herbes sauvages et dispersait leurs pollens en nuages dorés. Des insectes se soulevaient sous nos pas. L'un d'eux, plus gros que les autres, monta vers mon visage en ronronnant, je le suivis des yeux et le vis se poser au-dessus de moi, déployer ses ailes ; je me souviens d'avoir pensé que ce bourdonnement était précisément le *semi-no-koe* du poète Basho et mon cœur s'était serré d'émotion.

Nous étions heureux. Comment aurions-nous pu imaginer ce que le sort nous réservait ?

Aujourd'hui, je devais escorter Kosaburo pour qu'il meure sur un navire américain. Etait-il possible que moi, qui l'aimais tant, je ne puisse le protéger ? Pourquoi fallait-il que je l'abandonne ? Je me posais ces questions alors que je connaissais parfaitement leurs réponses. Mais ces réponses devenaient à leur tour de nouvelles interrogations : Kosaburo était un pilote accompli, il avait abattu plusieurs avions ennemis et aurait pu combattre encore. Alors, pourquoi ?

J'avais ma feuille de route entre les mains.

Trois attaques étaient prévues. Elles seraient conduites par vagues : douze appareils, à trente minutes d'intervalle. Le temps de regagner la base et de prendre en charge ceux que le destin avait désignés pour le sacrifice.

La cérémonie des adieux aurait lieu dans quelques instants.

Des écoliers étaient venus de la ville pour saluer les héros avant leur dernier départ. Ils agitaient des étoffes brodées de fleurs de cerisier. Les kamikazes étaient à leur image : comme les pétales de ces fleurs, que la moindre brise vient arracher, ils se détacheraient de leur vie, sacrifiant à la grandeur de l'Empire. Les enfants chantaient : "Regarde les fleurs de cerisier tomber sur la colline. Comme ces fleurs, détachons-nous. Mourons en combattant !"

Les pilotes leur faisaient face.

Ils avaient ceint leur front d'un bandeau orné du Soleil levant.

Pendant les discours, certains souriaient, d'autres priaient sans doute, comme je le faisais moi-même. Vite ! Que tout cela finisse !

Kosaburo était très pâle. On aurait dit que, déjà, il appartenait à l'Autre Monde. Les paroles du commandant exaltaient la bravoure. Quelques écoliers ne pouvaient retenir leurs larmes. "Une place d'honneur vous attend auprès de vos ancêtres ! Ne l'oubliez pas, en cet instant, tous les guerriers morts au combat, les samouraïs, vous attendent." Je remarquai alors que Kosaburo portait autour du cou une écharpe de soie blanche qui m'avait appartenu.

On distribuait des verres de saké.

Au cri de "Vive l'empereur !", les pilotes se dirigèrent vers les avions désaffectés qui allaient périr avec eux.

Kosaburo venait dans ma direction. J'aurais voulu lui dire que j'aurais, de loin, préféré occuper sa place et que lui m'assure sa protection jusqu'au piqué final. J'aurais voulu lui dire que je l'aimais, que je l'accompagnerais jusque dans la mort. Tout me paraissait irréel. Je ne pus que balbutier un au revoir minable.

Il me serra dans ses bras. “Rappelle-toi, nous avons toujours volé ensemble, nous resterons ensemble ; si tu ne me rejoins pas, je reviendrai auprès de toi, sous la forme d’une luciole.”

Il me tendit un cahier, enveloppé de soie : “Voilà pour toi. Garde-le en souvenir de moi.” Il me confia ensuite pour ses parents une mèche de ses cheveux, afin qu’ils soient incinérés et puissent rejoindre dans l’urne familiale les cendres de ses ancêtres.

Et il s’éloigna.

Kosaburo refusa de se laisser attacher dans sa cabine comme on le faisait pour les autres pilotes : il s'empêcherait bien lui-même d'en sortir. Comme une dernière prière, il effleura l'écharpe en soie blanche et grimpa dans l'appareil.

"Et maintenant, valeureux soldats, souriez en partant !"

Mais sur leurs lèvres les sourires s'étaient effacés.

Nous volions depuis quelques minutes.

Le ciel se couvrit de gros nuages sombres.

La mer semblait éteinte.

Deux par deux, les kamikazes avançaient vers la position des navires ennemis.

Mes mains tremblaient. Ma gorge se nouait.

"Il reste cinq minutes."

L'avertissement venait d'être lancé, je voyais déjà les navires.

Ils étaient nombreux à garder les porte-avions qui constituaient notre objectif. Je balançai les ailes de mon appareil. A mon signal, les kamikazes foncèrent à toute vitesse. Nous les suivions. Les navires américains ouvrirent le feu. Les premiers kamikazes furent touchés à la moitié de leur trajectoire. Leurs avions en flammes tournoyèrent un instant avant de s'abîmer dans les flots. Un pilote réussit à franchir le rideau de tirs et alla s'écraser contre les flancs d'un cuirassé. Un autre, rasant les vagues, rata sa cible ; les tirs s'acharnèrent contre lui et continuèrent à le viser bien après qu'il eut disparu. La rage de nos ennemis était telle qu'ils tiraient dans toutes les directions. Nous répliquions, évitant de toucher les nôtres. La confusion était totale.

Puis je vis, dans une manœuvre impeccable, l'appareil de Kosaburo se placer au-dessus de sa cible. Son mépris absolu du danger semblait le préserver. Alors, il ouvrit sa cabine et agita son écharpe de soie en guise d'adieu. Il visa sa cible avec soin et alla s'écraser sur le pont du premier porte-avions.

Les ailes déchiquetées de son appareil flottèrent un instant dans l'espace avant de s'enfoncer dans la mer.

Cette nuit-là, je fus incapable de dormir.

Je restai étendue sur ma couchette, les yeux ouverts.

Comme une séquence qui se serait répétée indéfiniment, je voyais défiler les images de l'appareil de mon ami, explosé sur la piste d'envol du navire. Je remontais en arrière : Kosaburo agitant son écharpe blanche ; en arrière encore, Kosaburo se concentrant sur son ultime piqué, lui imprimant une précision et une élégance que je n'oublierais jamais ; juste avant, Kosaburo naviguant entre nos deux rangées de Zéro – j'aurais donné ma vie pour pouvoir arrêter cet instant ; qu'avait-il pensé en amorçant la dernière accélération ? Et toujours la rage des flammes qui jaillissaient de l'appareil désarticulé.

Toutes les cinq minutes, je changeais de position, mais je savais que le sommeil déserterait les heures où je tentais de retenir la présence de mon amour. Contre ma poitrine, je tenais serré le cahier qu'il m'avait donné ; la chaleur de mon corps l'avait réchauffé. Entre mes mains, il semblait vivant. Kosaburo l'avait enveloppé dans du papier de soie et, lorsque j'écartai l'emballage, je vis que sa couverture était tapissée de feuilles séchées et de graminées sauvages. Mon cœur cognait. Je soulevai une page. Le nom de Kosaburo était calligraphié avec soin. La page suivante s'ornait d'un dessin. Il représentait un aigle royal déployant ses ailes, se laissant porter par les courants ascensionnels. En vis-à-vis, le croquis d'un Mitsubishi suivait le mouvement du rapace. Je tournai rapidement les autres pages, elles étaient noircies par une écriture qui ne tremblait pas.

Ce n'était pas un carnet de bord des activités à la base, ni ce que nous avions coutume d'appeler "carnet des regrets" ; certains d'entre nous consignaient chaque soir les sentiments que leur inspirait leur vie actuelle, bien souvent les regrets des douceurs de la vie qu'ils n'auraient pas le temps de connaître. Il ne s'agissait pas de cela. Kosaburo ne cultivait pas la nostalgie.

D'une calligraphie élégante, il avait transcrit les principes du Bushido, desquels il s'était imprégné durant sa veillée solitaire.

> La voie du samouraï se trouve dans la mort. Il doit se livrer chaque jour à la méditation sur la mort inévitable.
>
> Chaque jour, quand le corps et l'esprit sont en paix, on doit méditer sur le fait d'être déchiré par des flèches, des lances, projeté au cœur d'un immense feu, frappé par un éclair, contraint à se faire seppuku à la mort de son maître.
>
> Et chaque jour, on doit se considérer comme mort.
>
> Telle est la substance de la voie du samouraï.
>
> Selon ce qu'a dit un des Anciens, l'homme qui capture un ennemi sur le champ de bataille est comme

un faucon qui capture un oiseau. Même quand il y en a un millier autour de lui, il ne prête attention qu'à celui qu'il a d'abord choisi.

Même si un samouraï doit se retrouver brusquement la tête tranchée, il doit être capable d'accomplir une action avec assurance : celui qui devient semblable à un fantôme vengeur et témoigne d'une grande détermination celui-là, même s'il a la tête tranchée, ne devrait pas mourir.

C'est un beau point de vue de voir le monde comme un rêve : celui qui fait quelque chose comme un cauchemar, quand il se réveille, il se dit que ce n'était qu'un rêve.

On prétend que le monde n'est pas très différent de ça.

Sous mon prénom, il avait ajouté une dernière maxime de la Voie :

C'est toujours bon d'avoir de la poudre rouge dans sa manche. Il peut arriver que, quand il se réveille, un samouraï n'ait pas le teint très vif : c'est à ce moment-là qu'il faut sortir et se farder avec un peu de poudre rouge.

Venait ensuite un texte sur le phénix dont je ne pus identifier l'origine :

Il y a un oiseau, un seul, qui se renouvelle et se crée lui-même. Dans son nid, il amasse de la cannelle, du nard odorant, de la myrrhe aux fauves reflets. Il se couche dessus et termine sa vie au milieu des parfums. Alors, du corps paternel renaît un petit phénix.

L'auteur semblait y indiquer la nécessité de la mort du père pour que la naissance du fils se produise. Je me demandais ce qui avait amené Kosaburo à choisir ce témoignage. Il avait placé celui-ci en dernier lieu ; je connaissais assez intimement Kosaburo pour savoir que ce n'était pas un hasard. Au travers de ces phrases, qu'avait-il voulu me dire ? Il y a un oiseau, un seul, qui se renouvelle et se crée lui-même. Qui se renouvelle et se crée lui-même…

Enfin, le poète insistait sur la pureté qui devait présider à l'événement de la renaissance. Il ouvrait aussi une porte devant laquelle j'hésitais encore. Pourquoi ne pas m'y engouffrer et suivre de la sorte l'option de Kosaburo ? A présent, j'en étais certaine, il avait fait ce choix : croire que de la mort subie surgirait à nouveau la vie.

Le bûcher. Le feu que le phénix mettait lui-même à son nid de brindilles, ce feu qui était désigné explicitement par le mot "immortalité" sur les boucliers, à la proue des navires. Le bûcher qu'allumerait Kosaburo en se jetant sur un bâtiment ennemi. Tout se tenait. Jusqu'à l'étoile rouge que le phénix portait souvent au front : le bandeau orné du soleil rouge des kamikazes.

Je me souvins tout à coup d'une légende qui racontait le voyage de nombreux oiseaux, partis à la recherche de leur roi. Ils avaient traversé de terribles épreuves au cours desquelles nombre d'entre eux avaient perdu la vie. Quand ils étaient parvenus tout en haut d'une montagne, réduits à quelques-uns, ils avaient compris que le roi recherché s'était identifié à chacun d'eux.

Périr pour renaître, périr pour accéder à une royauté.

Kosaburo avait fait allusion un jour à un vêtement de feu que l'être intellectuel revêtait et qu'il ne pouvait garder dans notre monde car une seule particule de ce feu aurait suffi pour détruire la Terre. L'âme, unie à ce qui la dissout, fondait avec lui une nouvelle individuation : le "triomphe sur la seconde mort". La mort devenait alors une partie de l'être : la matière était résorbée par le feu, et l'initié subsistait. Il était devenu un être royal.

C'était donc le testament de Kosaburo que j'avais sous les yeux.

La mort et la renaissance étaient des moments passagers, fondus dans un chemin plus grand que tous les autres.

Je refermai doucement le cahier.

Je me levai.

Devant mon miroir à dévotion, j'allumai une bougie.

Je pris une coupe en bronze dans mes objets personnels, la lavai avec soin, me rinçai la bouche et les mains, et disposai dans la cavité la mèche de cheveux de Kosaburo. J'incinérai la mèche de cheveux de mon amour afin de la transmettre à ses parents, qui déposeraient les cendres dans l'urne de leur famille. Une légère odeur d'encens se dégagea : ainsi, il avait suivi la tradition des samouraïs qui brûlaient de l'encens dans leur casque afin de sentir bon s'ils venaient à être vaincus et décapités par leur adversaire.

J'étais si émue que les larmes coulaient sur mes joues. D'un coin de ma manche, je les effaçai rapidement.

Je fermai les yeux et priai.

Au pied de ma couchette, j'avais déposé la tunique de nuit de Kosaburo.

Je la dépliai soigneusement. Un parfum léger s'en dégageait et mon cœur se serra. Je la tenais à bout de bras, imaginant le corps bien-aimé ; j'enfouis mon visage dans le coton, ma joue rencontra une résistance : dans l'une des poches du vêtement, soigneusement enveloppé dans un papier de soie rouge, un mince carnet était dissimulé. Sur la première page, une seule inscription : mon prénom. Sur la page suivante : "Livre d'oreiller". Je connaissais le premier poème qu'il contenait ; il avait été écrit par Ikkyu :

Divaguant dans le jardin de la belle Mori,
Une fleur de prunier dans le lit, la foi au cœur de la fleur,
Ma bouche est emplie du pur parfum de cet étroit ruisseau :
Le crépuscule et les ombres de la lune lorsque nous composons nos nouvelles rimes.

Ainsi donc, mon instinct ne m'avait pas trompée : Kosaburo m'avait aimée d'amour. Chaque soir, depuis notre mobilisation, il avait calligraphié pour moi un poème, glissé entre les pages une fleur sauvage ou une mèche de cheveux. Il m'avait aimée.

Je lus le dernier poème : il s'intitulait *Myosotis*, et une fleur du même nom était dessinée au bas des vers :

Je m'agrippe à ma manche : rosée, parfum et couleur ;
Son image est là, en absence. Myosotis, mémoire.
S'il pouvait s'épanouir sur une branche, je le planterais. Et lui offrirais mon amour
A chaque heure solitaire.

Il m'avait aimée. Je l'aimais.

Une douleur poignante serrait mon ventre de femme. Et pour la première fois depuis mon engagement, il se mit à saigner de nouveau.

Mon tour ne se fit pas attendre. Un sergent vint m'avertir que le commandant de mon escadrille attendait mon rapport.

J'entrai dans le bureau du commandant. Il me tournait le dos et semblait porter un intérêt particulier à l'espace qui séparait la pièce des hangars.

Je maintins mon salut. Il se retourna et me regarda dans les yeux : "Votre incompétence me surprend. J'attends votre rapport depuis deux heures !"

Il paraissait préoccupé. Il ne pouvait ignorer que je venais de perdre mon meilleur ami. Mon rapport ne l'intéressait pas. Il y avait autre chose.

Sans transition, il me félicita pour les nombreuses victoires que j'avais remportées ces dernières semaines, puis il me demanda ce que j'avais éprouvé au moment de la mort de Kosaburo. Etais-je prêt à mourir avec lui, ou préférais-je vivre ? Je ne répondis rien et cachai mon désarroi. Il enchaîna en me tendant un papier surchargé de cachets officiels : "Vous êtes un de nos meilleurs pilotes, je le sais. Si je pouvais faire quelque chose... Tout homme capable de voler..." Je le regardais, anéantie. Le moment que j'appréhendais depuis si longtemps était venu. Mes genoux tremblaient. Mon officier me demanda si j'étais prêt.

Maintenant ? Tout de suite ? Je m'entendis répondre : "Je souhaite que ma mission ait lieu le plus vite possible. C'est un honneur pour moi. Je suis prêt."

En réalité, je ne savais plus où j'étais, qui j'étais, ce que je devais faire. Il me fallut un moment avant de reprendre possession de moi-même. Le commandant laissa passer quelques instants avant d'ajouter que ma mission aurait lieu dans une semaine, peut-être deux ; il n'avait aucune précision à ce sujet pour le moment.

J'étais sortie. J'allais quitter la base pour une autre, plus petite, qui convenait mieux au départ des missions spéciales. Je pensais, à part moi, que la vraie raison était tout autre : les avions que nous allions piloter pour le dernier voyage étaient dans un état lamentable ; mieux valait aller à eux que leur imposer encore un trajet supplémentaire. Nous étions tombés bien bas, si les meilleurs pilotes étaient sacrifiés. Il n'y avait plus d'espoir. Pourtant, l'angoisse qui m'écrasait la poitrine depuis des mois s'était évanouie. Je regagnai mes quartiers et commençai à préparer mon paquetage.

Lorsque j'entrai dans la pièce, une fine odeur d'encens flottait. Les cheveux étaient consumés. Je fis glisser les cendres dans une enveloppe.

Sur ma nouvelle base, la vie était très différente.

La plupart des pilotes ne se connaissaient pas et ne s'adressaient la parole que si c'était vraiment nécessaire. Aucun civil n'avait le droit de pénétrer sur le terrain. On nous tenait à l'écart comme des pestiférés. Mon ordre de mission spéciale tardait. Chaque jour, j'effectuais des vols de reconnaissance mais, en dehors des instructions les concernant, c'était le silence.

Pendant ces missions, je pouvais constater les progrès de notre déchéance : beaucoup d'immeubles étaient détruits, les routes éventrées, les ponts brisés en deux comme s'ils avaient été en bambou.

Je me demandais si les gens gardaient le moindre espoir. Croyaient-ils encore ce que leur racontait la propagande ?

Et les miens ? Que leur était-il arrivé ?

Depuis des semaines, je n'avais d'eux aucune nouvelle. Avaient-ils reçu mes dernières lettres ? A présent, les contacts étaient coupés. Secret absolu.

En dehors des vols qui captaient toute mon attention, mes pensées tournaient à vide. Serais-je capable de faire le grand plongeon ? Me faudrait-il attendre encore longtemps ? Chaque jour qui passait voyait ma résolution faiblir. La peur revenait. Où étais-tu, Kosaburo ? Toi qui avais vécu avec moi, volé avec moi, marché à mes côtés, où étais-tu ? Mon ami, mon amour. Pour peu de temps encore j'étais dans la lumière mais, quand viendraient les ténèbres, serais-tu là pour m'accueillir ?

Ce serait pour le 6 août.

Je pouvais rendre visite à ma famille pour lui faire mes adieux. J'ai refusé la permission. Je craignais de laisser voir malgré moi l'état de détresse dans lequel je me trouvais ou de m'effondrer, donnant de moi une image de lâcheté. Je leur écrirais une lettre. Je n'en ai rien fait. Qu'aurais-je pu leur dire sans mentir ? Que je les aimais ? Même cet amour-là se tenait à distance.

6 août. Huit heures. Temps magnifique.

Pas de cérémonie d'adieu. Nous sommes quatre à partir.

Un capitaine au regard las nous lit un discours de circonstance et nous tend une tasse d'alcool de riz. “Sayonara ! Vive l'empereur !”

Nous nous dirigeons vers les vieux appareils. Le mien est tout au bout de la piste. Je m'approche de lui, touche son fuselage, nous allons mourir ensemble, sans gloire. Le ciel change. Un immense éclair blanc. Très haute, une colonne de nuages sombres s'élève dans le ciel puis se déploie, comme une ombelle de toutes les couleurs.

Le soir tombe, d'un coup.

Une voix nasillarde crache l'annulation de la mission. Rassemblement de tous les effectifs sur la piste ! Des pilotes et des mécaniciens courent dans tous les sens. Qu'est-il arrivé ?

Ciel plombé.

Nous étions rassemblés pour une communication du commandant. En l'absence de vent, le drapeau du Soleil levant pendait mollement dans la chaleur. Fallait-il y voir un présage ?

Le commandant tardait à venir. Des rumeurs alarmantes circulaient dans nos rangs. Je fixai mon regard sur nos appareils : luisant dans le soleil, ils ressemblaient à des insectes géants pétrifiés dans l'attente du sacrifice.

Le commandant arriva. Son discours fut très bref : vue d'ici, il semblait que la ville voisine, qui avait échappé jusqu'à présent aux raids aériens, était touchée. Les liaisons radio ne fonctionnaient plus. Pourtant, aucun radar n'avait signalé l'arrivée d'une escadrille ennemie. Quelques avions ici et là. Rien de plus.

Après un moment de stupeur, le commandant se ressaisit : deux pilotes partiraient en vol de reconnaissance au-dessus de Hiroshima et des environs. J'en étais.

Deux mille mètres au-dessus de la ville sinistrée, je ralentis, et à l'aide de mes jumelles de bord je scrutai l'emplacement de ce qui avait été Hiroshima. Une fumée épaisse cachait la plus grande partie de la cité ; partout, des incendies faisaient rage. Je vis des colonnes de rescapés se diriger vers la montagne, d'autres tentaient de rejoindre les villages voisins. Une sueur glacée coulait sous ma combinaison de pilote.

Je regagnai la base. Les autorités n'avaient pas encore pu identifier la nature de cette nouvelle bombe ; on espérait que les médecins pourraient trouver quelques indications en examinant les blessés de toutes sortes qui se présentaient en consultation. Tous les êtres vivants qui se trouvaient dans un périmètre de cinq cents mètres de distance par rapport au lieu de l'explosion avaient péri, carbonisés. La vague de chaleur avait tout soufflé sur son passage : maisons, véhicules, hommes et animaux. Des silhouettes étaient imprimées dans l'asphalte ou le béton.

Je faisais un rêve atroce, j'allais me réveiller. Mais ce n'était pas un cauchemar. Des pilotes discutaient entre eux d'une menace que la radio aurait transmise : après Hiroshima, d'autres villes seraient rasées et, si nous ne nous rendions pas rapidement, tout le Japon serait anéanti.

Il fallait s'attendre à "un déluge de ruines venu des airs comme il n'en avait jamais été vu de semblable sur la terre". Etait-ce possible ?

LE JAPON NE CAPITULE PAS.

9 août, midi.

Une seconde bombe est larguée sur Nagasaki. Une vague de feu embrase la ville, située au fond d'une vallée. Comme à Hiroshima, des vents violents se lèvent, activant davantage la combustion des nombreuses maisons en bois. Seuls quelques vestiges de béton se dressent dans cette scène de fin du monde. Nagasaki sera complètement détruite. Une pluie noire se met à tomber. Il ne restera plus rien de la végétation sur plusieurs kilomètres.

Les jours qui suivent, les rescapés et les secouristes brûlent les corps qui commencent à pourrir sous l'effet de la chaleur. Rares sont ceux qui en réchapperont. Très vite, ils perdent l'appétit, vomissent, crachent du sang. Leur agonie est atroce, interminable. Les décombres dégagent toujours de la radioactivité et les radiations continuent à tuer tandis que, tout autour de Nagasaki, des tracts tombent du ciel menaçant et s'éparpillent, en vain.

Depuis le 10 août, des bruits de reddition circulaient. On murmurait même que des officiers supérieurs avaient tenté d'enlever l'empereur pour le soustraire au désastre.

L'heure de ma mort approchait.

Puisque j'étais seule désormais, j'avais pris l'habitude de déplier le kimono que j'avais emporté et que je gardais caché, seul vestige de ma vie d'autrefois. C'était un kimono lavande que ma mère réservait pour mon mariage ; elle-même l'avait porté dans ces circonstances et il me revenait. Deux hérons bleus, brodés en plein vol, le décoraient. L'obi, cette ceinture aux dimensions sacrées, taillée aux mesures des déesses shinto, était écarlate, de la couleur même des portiques de nos temples.

Je le revêtais chaque soir et m'endormais dans son parfum.

Le dernier jour, je le porterais sous mon uniforme, plié contre mon cœur.

Cette nuit-là, je fis un rêve étrange : j'étais dans un parc, au moment où les cigales sortaient de terre. Elles surgissaient toutes en même temps et emplissaient l'air d'un bruit assourdissant. Certaines allaient se poser sur les arbres, d'autres continuaient à s'extraire du sol. Effrayée, je n'osais plus bouger, de peur d'écraser les insectes que j'imaginais tournoyer sur eux-mêmes, les ailes brisées, ou bien leurs corps prisonniers broyés dans leur nymphe.

Je m'étais éveillée en sursaut, certaine qu'il s'agissait là d'un rêve prémonitoire, et sa pensée ne m'avait pas quittée de tout le jour qui avait suivi.

Le matin du 15 août, la radio transmit une déclaration officielle dont la déflagration se révélerait aussi traumatisante que celle qui avait détruit deux villes dans une fleur de chrysanthème d'or. L'empereur lui-même daignait s'adresser à la nation. Personne jusqu'alors n'avait entendu le son de sa voix.

Regroupés autour du poste de notre base, nous écoutions, sidérés, une voix grêle s'adresser à nous dans un langage de cour :

" Nous sommes douloureusement conscient des sentiments qui sont aujourd'hui les vôtres, vous, nos sujets. Cependant, nous avons décidé, en accord avec les décrets du sort et du temps présent, de paver la route vers une grande paix pour les générations à venir en endurant l'intolérable et en supportant l'insupportable."

Les termes de "reddition", de "capitulation" ou de "défaite" n'étaient pas prononcés mais le sens du discours ne faisait aucun doute. J'étais abasourdie. Si je m'étais interrogée souvent sur la situation militaire de notre pays, jamais je n'avais mesuré à quel point elle était devenue précaire. Que faisions-nous d'autre, aujourd'hui encore, sinon nous préparer à défendre notre patrie jusqu'à la mort ? Qui était-il, lui, que nous avions cru d'essence divine au point de lui sacrifier nos vies sans sourciller ? Pourquoi nous abandonnait-il ainsi ?

Du moins, puisqu'il était mortel comme tous les autres, ne pouvait-il se faire seppuku dans son palais impérial ? Et nous montrer ainsi la Voie, à son tour ? Et ceux qui nous donnaient des ordres en son nom, qui étaient-ils vraiment ? Ne songeaient-ils pas à nous accompagner dans nos opérations désespérées ?

La cruelle vérité faisait son chemin dans mon esprit ; il était bien plus facile de prononcer des discours enfiévrés, de lever à la santé des valeureux guerriers un bol de saké. Nous étions leurs boucliers. Notre mort signifiait pour eux la garantie de vivre encore, à chaque mission, un jour de plus. Je levai les yeux et regardai mes camarades. Leurs visages penchés sur la radio étaient d'une pâleur mortelle. La guerre était finie. Que ferait pour nous l'empereur "d'humaine essence" ? Je me souvenais des serments qui inauguraient nos journées : "Mourriez-vous avec joie pour Sa Majesté l'empereur ? – Oui, je mourrais avec joie !" Et la peur qui venait nous hanter jusqu'au creux de nos songes. L'empereur, qui nous parlait avec une voix humaine, allait, à son tour, accomplir le rite de purification par la mort. Il n'allait pas nous abandonner. Il restaurerait notre nation dans sa dignité. Dût-il mourir, il connaîtrait, à l'instar du phénix, une renaissance qui nous relèverait tous de la honte et de l'humiliation.

Des parasites brouillèrent les dernières paroles de l'empereur.

Avant que le commandant ait pu ouvrir la bouche, trois pilotes quittèrent le mess. J'allais les suivre, j'entendais le bruit de leur course sur la piste d'envol, un officier me barra le passage. Décollages. Piqués. Exécutant l'exercice que nous avions fait tant de fois pour nous préparer à nos missions spéciales, ils s'écrasèrent dans un champ, à la limite de la piste. Quand je regagnai mon cantonnement, je butai sur le corps de l'officier qui m'avait empêchée de sortir. Il venait de se pendre.

Le 18 août, le commandant de la base ordonna d'enfermer dans un hangar les armes et les munitions qui nous restaient. Aucun acte de guerre ne devait plus être commis. Quels que soient nos sentiments personnels, nous devions regarder la réalité en face : le Japon avait perdu, notre empereur nous l'avait dit, il fallait désormais préparer l'avenir. Il ajouta que toutes les hélices des avions devraient être enlevées. Je quittai la salle de réunion et marchai au hasard sur la piste. Mais d'instinct mes pas me conduisirent vers mon Mitsubishi. Je pensais à tout ce qui s'était passé : je voyais des avions tomber en flammes, des navires brûler, des hommes se jeter vers la mort, les dents serrées. Je grimpai dans la cabine de mon avion et touchai les commandes. "Bande de lâches !" J'entendais des voix qui appelaient au secours. Continuer la lutte était sans doute stupide, mais vivre n'en valait plus la peine à présent. Je mis le contact. La jauge d'essence était presque à zéro. Une dernière fois, je ferais tourner l'hélice de mon appareil. J'étais prête. Je n'avais plus de doute à présent. Je suivrais, seule, le chemin de Kosaburo.

Le moteur vrombit. Je m'arrachai du sol. Je survolai la base. Personne ne semblait s'être rendu compte de ma rébellion. Pas encore. Quand ils s'en apercevraient, il serait trop tard. Je n'acceptais pas de vivre dans un monde pareil. A mes yeux, l'empereur était déchu ; mais moi, je pouvais expier, remplir mon contrat vis-à-vis de moi-même.

J'étais effrayée. J'étais seule. Sans mission. Mais je ne me résignais pas.

Je volerais aussi loin que les réserves de carburant le permettraient. J'atteindrais la mer et je fondrais sur l'ennemi.

La mer, je la voyais scintiller au loin. Bleue. Bleu de cobalt.

Quelques minutes encore et je la survolerais. J'écoutais le vrombissement du moteur, c'était le ronronnement d'un animal apprivoisé. Je sentais les secousses de mon appareil traverser mon corps, nous ne nous quitterions pas, nous disparaîtrions ensemble.

Je volais assez bas. Je pouvais voir le vert profond des rizières, je descendais encore, le feuillage de jeunes arbres avait des éclats argentés. Ma vue était celle d'un aigle, perçante, précise. Les feuilles des arbres tremblaient, je les voyais frémir dans la lumière, je pensais que c'était là mon dernier paysage, des vibrations secouaient mon appareil, je remontais en flèche. La mer !

Sur la ligne d'horizon, quelques cuirassés. Ma destination.

J'avais vingt ans, Kuko, le renard volant, venait me rendre visite.

Le symbole était évident : j'avais passé les deux dernières années à voler, moi aussi. Je songeais aux pouvoirs magiques des kitsune : la possession, la capacité de souffler du feu ou de se consumer, en frottant leurs queues les unes contre les autres. Ils pouvaient traverser nos songes mais aussi créer des illusions, rendre les gens fous. Ils pouvaient courber l'espace et le temps. Je ne me rappelais pas avoir vu ces dernières années des effigies des kitsune, les messagers d'Inari, la déesse du riz. Et moins encore une statue les représentant. Assis mais sur leurs gardes, un sourire relevé sur leurs dents pointues, le regard féroce, l'intérieur des oreilles teinté de rouge vif, ils présidaient souvent à l'entrée des temples bouddhistes que je ne fréquentais pas.

Néanmoins, je connaissais les kitsune depuis mon enfance. Quand nous étions petits, Kosaburo et moi, nous écoutions les histoires que nous racontait sa sœur aînée ; il y était toujours question des facéties de Kuko, le renard des airs qui appartenait plutôt au type diabolique. Je me souviens que

Genko, le renard noir, me faisait peur – même si la sœur de mon ami répétait que le rencontrer était de bon augure.

Kosaburo, lui, rêvait de Tenko, le renard céleste à neuf queues, âgé de mille ans, venu tout droit du temps des samouraïs.

Nous avions quatre ans. La voix de Tetsuko nous berçait, nous entraînant dans le sillage des kitsune.

Souvent, les messagers étaient des renardes, plus rusées, dotées de pouvoirs magiques. Elles étaient capables de changer de forme quand elles atteignaient un âge avancé (au moins une centaine d'années), et leurs pouvoirs ne cessaient de croître avec le temps. Parallèlement, de nouvelles queues leur poussaient.

Avant de nous endormir, toujours, nous faisions une prière spéciale : nous avions tellement envie de rencontrer un kitsune !

Le souvenir de Kosaburo ne m'avait pas quittée un instant, mais de songer à notre enfance, de me dire que je ne le reverrais plus, que je n'entendrais plus son rire, me serra le cœur. J'avais de la peine à respirer. C'est dans cet état que je me décidai.

Prendre de l'altitude. Piquer. Pendant la montée, je ne penserais qu'à la manœuvre à exécuter. J'amorçai un virage. La jauge du réservoir tremblait sur le zéro. Mon appareil était silencieux, il flottait au gré du vent, descendait, descendait. Nous nous fracasserions dans la mer sans avoir pu détruire le moindre ennemi. Qu'importait désormais ? J'avais ouvert le cockpit, l'air marin montait jusqu'à mes narines, je fermai les yeux. Je voyais les autres, mes compagnons, ceux qui étaient morts avant moi, ceux qui avaient quitté leurs hautes écoles, leurs universités pour ceindre leur front du bandeau du kamikaze. J'entendais leurs voix, leurs rires, et maintenant ce silence. Je les revoyais sur une photographie prise avant leur départ. Casques d'aviateur, lunettes ramenées sur le front, aucun d'eux ne souriait. Ils allaient mourir. Ils le savaient. Certains semblaient farouchement déterminés, d'autres, songeurs, portaient encore sur leur visage la marque de l'enfance. Leurs fantômes me rejoignaient et me demandaient des comptes. Il fallait que je meure.

Les flots prenaient des reflets de métal, une fine frange d'écume les bordait, c'était la douceur de vivre, des "images du monde flottant", celles que reflétait la vague de Hokusai, la grande vague près de la côte de Kanagawa. Hokusai, le fou de peinture, celui dont la maison avait brûlé, détruisant tous ses dessins, venait à ma rencontre au moment de ma fin. Je consentais. Je me perdrais dans le creux de sa vague, dans le divin mystère.

Cette histoire n'est qu'une histoire : celle des jeunes kamikazes fanatisés par le code des samouraïs, qui ont dû imposer le silence à leurs terreurs pour apprivoiser la mort, leur mort, au point qu'elle leur soit familière, inévitable, consentie, qui ont fait taire leur âme en obéissant à des ordres fous.

Elle est aussi un hommage à leur jeunesse fracassée, recueillie dans les plis du temps. Kosaburo, Akira et les autres ont bien existé et leur gloire ne s'éteindra pas.

Mitsuko n'a pas existé. Son histoire est inventée de bout en bout. Elle s'est introduite parmi ces jeunes aviateurs, effigie du corps de ma fille morte, si jeune, elle aussi. Elle était passionnée d'Orient, les livres qu'elle m'a laissés et où j'ai cherché sa trace m'ont familiarisée avec ce monde inconnu de moi.

Voyageant dans leurs mots, j'y ai retrouvé l'ombre de ma disparue adorée et, pour conjurer le chagrin et empêcher à jamais Hélène de disparaître, je lui ai donné la forme de Mitsuko dans cette histoire où, recréée de mots, elle brille dans toute sa jeunesse.

Depuis Pindare et Horace, la qualité monumentale du livre, sa supériorité sur la pierre lui donne aussi la forme spirituelle sur laquelle le temps n’a pas d’empire. Dans ce tombeau immatériel, Hélène-Mitsuko ne craint plus rien et notre lien est scellé à jamais.

BABEL

Extrait du catalogue

1023. PASCAL MORIN
Bon vent

1024. A. M. HOMES
Ce livre va vous sauver la vie

1025. ANDREÏ GUELASSIMOV
Exil intermédiaire

1026. HANAN EL-CHEIKH
Londres mon amour

1027. WAJDI MOUAWAD
Incendies

1028. DAVID HOMEL
L'Analyste

1029. FABRICE NICOLINO
Bidoche

1030. NAOMI KLEIN
La Stratégie du choc

1031. DARINA AL-JOUNDI / MOHAMED KACIMI
Le Jour où Nina Simone a cessé de chanter

1032. WILLIAM T. VOLLMANN
Pourquoi êtes-vous pauvres ?

1033. CÉSAR AIRA
La Princesse Printemps

1034. INTERNATIONALE DE L'IMAGINAIRE N° 25
Le Patrimoine culturel immatériel, premières expériences en France

1035. NAGUIB MAHFOUZ
Le Cortège des vivants

1036. RÛMÎ
Le Livre du Dedans

1037. IBN 'ARABÎ
La Profession de Foi

1038. IBN KHALDÛN
La Voie et la Loi

1039. ANNE-MARIE GARAT
L'Enfant des ténèbres

1040. KARSTEN LUND
Le Marin américain

1041. CHI LI
Préméditation

1042. JOSEPH E. STIGLITZ
Le Triomphe de la cupidité

1043. LILIANA LAZAR
Terre des affranchis

1044. YOKO OGAWA
La Marche de Mina

1045. SONALLAH IBRAHIM
Le Comité

1046. SONALLAH IBRAHIM
Cette odeur-là

1047. MOURAD DJEBEL
Contes des trois rives

1048. CLARO
Madman Bovary

1049. JEANNE BENAMEUR
Les Reliques

1050. KATARINA MAZETTI
Entre Dieu et moi, c'est fini

1051. STEFANO BENNI
Margherita Dolcevita

1052. OLIVIER PY
Théâtre complet III

1053. CLAUDIE GALLAY
Les Années cerises

1054. IN KOLI JEAN BOFANE
Mathématiques congolaises

1055. ANDRÉ BENCHETRIT
Impasse Marteau

1056. MARIE-SABINE ROGER
Les Encombrants

1057. PIERRE RABHI
Manifeste pour la Terre et l'Humanisme

1058. MOHED ALTRAD
Badawi

1059. AKIRA YOSHIMURA
Le Convoi de l'eau

1060. SEFI ATTA
Le meilleur reste à venir

1061. LIEVE JORIS
Les Hauts Plateaux

1062. FRANS DE WAAL
L'Age de l'empathie

1063. PAUL AUSTER
Seul dans le noir

1064. KATARINA MAZETTI
Entre le chaperon rouge et le loup, c'est fini

1065. DON DELILLO
L'Etoile de Ratner

1066. RACHID EL-DAÏF
Passage au crépuscule

1067. SHAHNON AHMAD
Le Riz

1068. METIN ARDITI
Loin des bras

1069. LYONEL TROUILLOT
Yanvalou pour Charlie

1070. VÉRONIQUE BIZOT
Mon couronnement

1071. SYLVAIN COHER
Hors saison

1072. KALÂBÂDHÎ
Traité de soufisme

1073. GHAZÂLÎ
Temps et prières

1074. ETGAR KERET
La Colo de Kneller

1075. KHALED AL KHAMISSI
Taxi

1076. JOËL DE ROSNAY
Et l'homme créa la vie…

1077. NOURJEHAN VINEY
Les Contes du roi Vikram

1078. *
Histoire de 'Arûs, la Belle des Belles, des ruses qu'elle ourdit et des merveilles des mers et des îles

1079. JOUMANA HADDAD
Le Retour de Lilith

1080. JOSÉ CARLOS SOMOZA
La Clé de l'abîme

1081. PETER HØEG
La Petite Fille silencieuse

1082. MAGYD CHERFI
Livret de famille

1083. INTERNATIONALE DE L'IMAGINAIRE N° 26
Labyrinthes du réel : écrivains estoniens contemporains

1084. HENRY BAUCHAU
Déluge

1085. CLAUDIE GALLAY
Les Déferlantes

1086. KATARINA MAZETTI
La fin n'est que le début

1087. ALBERTO MANGUEL
Tous les hommes sont menteurs

1088. JACQUES POULIN
Les Yeux bleus de Mistassini

1089. MICHEL TREMBLAY
Un objet de beauté

1090. ANNE-MARIE GARAT
Pense à demain

1091. CLAUDE PUJADE-RENAUD
Les Femmes du braconnier

1092. M. J. HYLAND
Le Voyage de Lou

1093. MARINA TSVETAÏEVA
Mon Pouchkine

1094. LAURE ADLER
L'Insoumise, Simone Weil

1095. XAVIER HAREL
La Grande Evasion

1096. PAUL VIRILIO
La Pensée exposée

1097. SÉBASTIEN LAPAQUE
Il faut qu'il parte

1098. IMRE KERTÉSZ
Le Drapeau anglais

1099. AKIRA YOSHIMURA
Liberté conditionnelle

1100. YOKO OGAWA
La Bénédiction inattendue

1101. SALIM BARAKAT
Le Criquet de fer

1102. RUSSELL BANKS
Le Livre de la Jamaïque

1103. WAJDI MOUAWAD
Forêts

1104. JEANNE BENAMEUR
Ça t'apprendra à vivre

1105. JOSEPH E. STIGLITZ
Le Rapport Stiglitz

1106. COLINE SERREAU
Solutions locales pour un désordre global

1107. MAJID RAHNEMA
La Puissance des pauvres

1108. ALAIN GRESH
De quoi la Palestine est-elle le nom ?

1109. JANE GOODALL
Nous sommes ce que nous mangeons

1110. *
Histoire des quarante jeunes filles

1111. MATHIAS ÉNARD
L'Alcool et la Nostalgie

1112. NANCY HUSTON
Infrarouge

1113. JÉRÔME FERRARI
Un dieu un animal

1114. PAUL AUSTER
Invisible

1115. W. G. SEBALD
Les Anneaux de Saturne

1116. ALAIN CLAUDE SULZER
Un garçon parfait

1117. FLEMMING JENSEN
Ímaqa

1118. ALAIN LE NINÈZE
Sator

1119. AMARA LAKHOUS
Choc des civilisations pour un ascenseur Piazza Vittorio

1120. EVA GABRIELSSON
Millénium, Stieg et moi

1121. INGVAR AMBJØRNSEN
Elling

1122. WAJDI MOUAWAD
Ciels

1123. AKI SHIMAZAKI
Mitsuba

1124. LAURENT GAUDÉ
Ouragan

1125. CÉLINE CURIOL
Exil intermédiaire

1126. ALICE FERNEY
Passé sous silence

1127. LYONEL TROUILLOT
Thérèse en mille morceaux

1128. FRÉDÉRIQUE DEGHELT
La Grand-Mère de Jade

1129. AHMED KALOUAZ
Avec tes mains

1130. FABIENNE JUHEL
A l'angle du renard

1131. W. G. SEBALD
Vertiges

1132. ANNE ENRIGHT
Retrouvailles

1133. HODA BARAKAT
Mon maître, mon amour

1134. MOUSTAFA KHALIFÉ
La Coquille

1135. JEREMY RIFKIN
Une nouvelle conscience pour un monde en crise

1136. PRALINE GAY-PARA
Récits de mon île

1137. KATARINA MAZETTI
Le Caveau de famille

1138. JÉRÔME FERRARI
Balco Atlantico

1139. EMMANUEL DONGALA
Photo de groupe au bord du fleuve

1140. INTERNATIONALE DE L'IMAGINAIRE N° 27
Le patrimoine, oui, mais quel patrimoine ?

1141. KATHRYN STOCKETT
La Couleur des sentiments

1142. MAHASWETA DEVI
Indiennes

1143. AKI SHIMAZAKI
Zakuro

1144. MAXIM LEO
Histoire d'un Allemand de l'Est

1145. JOËL DE ROSNAY
Surfer la vie

1146. VASSILI PESKOV
Des nouvelles d'Agafia

1147. CAMILLA GIBB
Le Miel d'Harar

1148. MARIE-SABINE ROGER
La Théorie du chien perché

1149. MARIA ERNESTAM
Les Oreilles de Buster

1150. KHALIL GIBRAN
Les Esprits rebelles

1151. SIRI HUSTVEDT
La Femme qui tremble

1152. JEANNE BENAMEUR
Les Insurrections singulières

1153. MATHIAS ÉNARD
Parle-leur de batailles, de rois et d'éléphants

1154. LAURENT GAUDÉ
Les Oliviers du Négus

1155. FRÉDÉRIQUE DEGHELT
La Nonne et le Brigand

Achevé d'imprimer en août 2016 par Normandie Roto Impression s.a.s. 61250 Lonrai sur papier fabriqué à partir de bois provenant de forêts gérées durablement (www.fsc.org) pour le compte d'ACTES SUD, Le Méjan, Place Nina-Berberova, 13200 Arles.
Dépôt légal 1re édition : février 2013.
N° impr. : 1603869
(Imprimé en France)